Uwe Flügel

Körpertausch

AF673059

Zu diesem Buch

Frauen suchen sich Leihmütter, um durchs Gebären nicht aus der Form zu geraten, lassen sich die Brüste vergrößern oder endlich auch verkleinern. Die Nation pilgert in die Fitnessstudios. Reinkarnation durchs Klonen rückt näher. Guten Sex haben jetzt nicht mehr nur die anderen. Die Zeit ist reif für die erste Hirntransplantation.
Philip Stein hat mit dem Zeitgeist nicht viel im Sinn, dafür aber Krebs im Endstadium – nur sein Gehirn leistet noch Dienst nach Vorschrift. Max Sommer ist eigentlich fit, aber der Hirntumor hat ihm ein Ultimatum gesetzt. Mit dem Griff nach der letzten Chance beginnt diese unglaubliche Geschichte: Stein, der Wissenschaftler, und Sommer, der Leistungssportler, ergeben nach der Operation einen Traummann. Doch bei der Begegnung mit den Frauen, Freunden und Leidenschaften sowohl des Hirn- als auch des Körperspenders tun sich Abgründe auf. Eine bisweilen komische Suche nach einer eigenen Identität beginnt.

Uwe Flügel, Jahrgang 1970, studierte Politikwissenschaft, Literaturwissenschaft und Soziologie in Braunschweig und Stockholm. Anschließend volontierte er zunächst im Hörfunk, dann bei der Braunschweiger Zeitung. Als Redakteur täglich mit harten Fakten konfrontiert, lässt er bei seiner künstlerischen Arbeit der Phantasie freien Lauf. Ihm gelingt in seinem Debütroman ein bemerkenswerter Spagat: Der "Körpertausch" beunruhigt durch distanzlose Gesellschaftsstudien, zugleich nimmt er den Leser unmerklich auf eine Reise mit, deren Ziel sich nur aus seinem eigenen Gedankengang erschließt.

Uwe Flügel

Körpertausch

Leben nach der ersten Hirntransplantation

Roman

Für Karin und Gerd

Originalausgabe
August 2002
© 2002 Belletrist Verlag Braunschweig
www.belletrist.de
Umschlaggestaltung: Tobias Conradt
Druck und Bindung: Books on Demand GmbH, Norderstedt
Printed in Germany
ISBN 3-935935-33-1

Vieles hätte ich verstanden,
wenn man es mir nicht erklärt hätte.

Stanislaw Jerzy Lec

WASHINGTON. In einem Experiment haben Neurobiologen durch Hirntransplantation einen Zwitter aus Huhn und Wachtel geschaffen. Das Huhn entwickelte typische Verhaltensweisen der Wachtel.

Inhalt

15. Auferstehung

Kaltes Neon, kahle Krankenhauswände und ein nicht zu ortendes Brummen waren das Erste, was ich wahrnahm. Es fiel mir schwer, die Grenzen zwischen Traum und Wirklichkeit abzustecken – wie immer, wenn man aus der Betäubung erwacht.

Eine elende Katerstimmung machte sich breit. Ich hatte den Eindruck, etwa einen Meter über meinem Körper zu schweben. Im Gang wurde gesprochen. Ich verstand kein Wort. Wann erlöst mich denn wer, dachte ich und wusste nicht wovon.

Ein Ansturm trister Eindrücke hatte mich zu neuem Leben erweckt. Ich war mir nicht bewusst, dass in den vergangenen zwanzig Stunden etwas Unglaubliches mit mir geschehen war. Mit mir? Mit wem eigentlich? Wer war ich?

Langsam war zu merken, wie ich die Welt der Träume verließ. Alles wurde klarer, ließ sich anfassen. Draußen schien es zu dämmern. Oder es war immer noch so ein wunderbares Regenwetter – ich liebe Regen. Eine Frau in Weiß trat an mein Bett. Sie schaute mich nur an, schreckte leicht zusammen, als ich zurückschaute, und verschwand, ohne etwas zu sagen. War ich etwa entstellt? War bei der Operation etwas schief gelaufen? Bei der Operation...

Ich hatte einige Operationen im vergangenen Jahr hinter mich gebracht. Dieser verdammte Krebs hatte langsam meinen Körper zerfressen. Das Neonlicht wirkte nicht mehr ganz so grausam. Es roch eigenartig, vielleicht nach Flieder.

Plötzlich stürmte eine Horde Menschen in Kitteln herein. Nun roch es nach Brombeeren. Um mein Bett bildete sich eine Traube von Gaffern. Einer mit vergoldetem Brillengestell führte die Horde offensichtlich an, durfte reden. Alle anderen warteten andächtig und doch gespannt.

„Sie haben sich hervorragend geschlagen“, sagte er mit einer tiefen, Vertrauen erweckenden Stimme. „Mein Kompliment!“ Ich wusste nicht, wovon er sprach, begriff aber langsam mehr und mehr, dass sich etwas Entscheidendes verändert hatte. Ich fühlte mich weiterhin nicht wohl in dieser Haut.

„Ihre Verwirrung ist verständlich, Herr Stein; Sie wohnen jetzt schließlich in einem neuen Körper...“ Das Blut schoss mir in den umwickelten Kopf. Panisch betastete ich meine muskulösen Oberschenkel, meinen glatten Bauch. Es war geglückt. Mein Hirn lebte, der ‚neue' Körper lebte. „Die erste Hirntransplantation der Geschichte ist gelungen“, sagte der Professor und strich mir über den Verband. Ich war jetzt nicht mehr nur noch Philip Stein, sondern auch Max Sommer – der an einem Gehirntumor erkrankte Schwimmer. Die gesunden Teile unserer Körper hatten sie zusammengefügt. Die Rettung in letzter Minute.

Ich konnte mich darüber absolut nicht freuen.

14. Leiden

Eigentlich war es eine abgemachte Sache gewesen. Ein oder zwei Monate sollte ich noch atmen, mit Morphium langsam in das ferne Reich hinübergleiten. Der Kampf gegen den Krebs wurde beigelegt – zumindest halsabwärts schlossen wir Frieden. Die Schübe der Chemotherapie waren zuletzt zu heftig gewesen. Ich hatte keine Wahl. Die Landverluste waren zu groß. Alle Schlüsselpositionen hatte der Krebs bereits besetzt. Alle Schlüsselpositionen? Nein! Ein von Gehirnzellen bevölkerter Kopf hörte nicht auf, dem Eindringling Widerstand zu leisten. Doch das Leben war nicht leicht...

Nicht wegen der Schmerzen, sondern weil im Kopf eben alles noch ganz hervorragend funktionierte. Ich hätte weiter jeden Tag zur Arbeit gehen können, um dort an meinen unlösbaren Fragen zu forschen. Wie ein Physiker nun mal so ist – er braucht seine Antworten, die wieder neue Fragen aufwerfen. Ich durchleuchtete Kristalle und war auf der Suche nach etwas, was keiner meiner Freunde annähernd verstand. Grundlagenforschung ist wichtig, das wissen zwar alle, aber wirklich glauben tun sie es nicht.

Manchmal hatten mich selbst Zweifel beschlichen, ob ich nicht etwas Nützlicheres hätte machen können. Du wolltest doch einmal Tischler werden, sagte ich mir. Aber andererseits hast du auch nicht alles, die ganze Paukerei, die Traurigkeit, umsonst geschultert – so wie Guntram.

Guntram war eines Morgens vor einen Zug gesprungen, direkt nach dem Diplom. Die 1,7 Abschlussnote kann es nicht gewesen sein. Oder doch? Wahrscheinlich hatte er einfach einen Hang zum Tod. Alles hatte er hingeworfen, keine Signale hatte er zuvor gesendet. Er, der immer so ruhig und ausgeglichen erschien, hatte sich und sein ganzes Streben auf die Gleise geschmissen. „Ich schmeiße hin“, hatte er vielleicht sogar noch gesagt. Und das Nachdenken hatte ein Ende. Zu viele Zweifel kratzen an der Moral, das wusste ich, und stürzte mich immer wieder schnell in die Arbeit.

Aber die Gedanken an den Tod ließen mich zuletzt nicht mehr los. Zu mächtig waren sie geworden. Was hättest du noch alles machen können! Ist dann Ende? Was soll schon kommen! Was bleibt?

Anna, meine... Ja, wie nennt man das nun? Kaum ein Wort hasse ich mehr als das hochtrabende ‚Lebensgefährtin'. Das hört sich so an, als sei sie über viele Jahre hinter mir hergetrottet, um morgens stets die Pferde zu satteln. Auch Leute, die von ‚meiner Bekannten' sprechen, zeigen eine gewisse Distanz zu ihrer... – sagen wir Freundin, auch wenn wir beide uns bereits durch die Dreißiger kämpfen.

Anna wollte mit mir noch alles Mögliche machen: eine Weltreise, mit einem Leihwagen die Westküste langdüsen, natürlich mit einem Cadillac, im Mittelmeer segeln und eigentlich all das Schöne, was uns das Werbefernsehen so schmackhaft macht. Auf meine letzten Tage sollte ich noch einmal die Sonnenseite des Lebens kennen lernen. Dabei liebe ich doch Regen.

Und so unterließ ich einiges, was mir vielleicht Auftrieb verliehen hätte: Gerd, mein bester Freund, war schon eine Weile in Afrika unterwegs, wollte dort Lebenserfahrungen sammeln und helfen – ich besuchte ihn nicht, obwohl ich es mir so spannend vorgestellt hätte. Und selbst das Drachenfliegen, mein liebstes Hobby, versuchte ich erst gar nicht, weil ich die Kraft dafür bereits verloren zu haben glaubte. Aber ich hätte es auch nicht genießen können. In den schönsten Augenblicken wäre mir eingefallen, wie schlimm es doch ist, das Recht zu leben zu verlieren. Jedem Henker der Geschichte hätte ich die Henkersmahlzeit ausgeschlagen. Jeder Hummer hätte wie Ingwerstäbchen geschmeckt. Gibt es etwas Scheußlicheres als Ingwerstäbchen? Ich sterbe lieber nüchtern.

Obwohl mich tausend Zweifel plagten, ich hatte es so gewollt: um acht Uhr aufstehen, zum Frühstück Eier, sechseinhalb Minuten gekocht, abwaschen, spazieren gehen, fernsehen, einkaufen, Mittag, fernsehen, manchmal Freunde, schlafen, viel schlafen...

Trotzdem war es unverkennlich, wie viel Mühe sich Anna mit mir gab. Es war vielleicht auch eine schöne Zeit – oder nein! Eigentlich doch nicht, überhaupt nicht, denn die Gedanken zerstörten alles, sie ließen mich nicht los. Wie der Büttel aus dem Wintermärchen verfolgten sie mich ständig – mit dem Unterschied, dass das Richtbeil für mich selbst bestimmt war.

Gewiss waren auch die Schmerzen fast unerträglich. Von ihnen will ich nicht erzählen. Es gibt Dinge, die sich nicht beschreiben lassen, zumindest nicht Leuten, die es selbst nicht erlebt haben. Gelegentlich half das Morphium. Es machte müde und schläferte selbst die Gedanken etwas ein. Wenigstens das. Aber wer wie ein träger Sack zu Hause rumhängt, fristet auch nur sein Dasein.

Anna versüßte mir die Galgenfrist. Nicht sexuell – das funktionierte bei mir einfach nicht mehr, und auch die Lust war verflogen – sondern durch Fürsorge, Umsicht, Verwöhneinheiten. Manchmal wurde ich sehr ungerecht, doch sie behielt ihre Geduld. Aber selbst das kann einem gewaltig auf die Nerven gehen: Wenn man unverschämt ist, wenn man wie ein Bekloppter zu Hause rumschreit, und die Freundin trotzdem nicht ein Stück sauer wird, dann ist das ein deutliches Zeichen, dass man auf der Abschussliste steht und eigentlich, ja eigentlich schon ein halber Wiedergänger ist.

Eines Morgens jedenfalls war ich gerade mit der Tageszeitung beschäftigt. Der dunkle Schimmer auf der Haut meiner Fingerspitzen kam diesmal nicht von der Druckerschwärze. Ich wunderte mich, dass sich dieses doch so unhandliche Format über so viele Dekaden gehalten hatte. Das Frühstück wird zur Morgengymnastik. Warum verkauft sich die Hamburger Mini-Mopo nicht besser? Die Papierknappheit hatte eine kanadische Zeitung dazu verleitet, ihre Ausgabe einfach schmaler zu machen. Die hohen Papierstreifen sahen zwar ulkig aus, passten aber nun wenigstens zwischen Frühstücksbrettchen und Marmelade, ohne dabei Kaffee aus dem Becher zu saugen – manchmal muss eben erst etwas passieren.

Das Klingeln des Telefons unterbrach die Lektüre. Es schellte und schepperte, wie es sich für ein zum Glück noch nicht ausrangiertes Wählscheibentelefon gehört. Ich ging zu dieser Zeit grundsätzlich nicht mehr an den Apparat. Mit den Alltagsgeschäften wollte ich nichts zu tun haben, das musste Anna jetzt sowieso bald alles selbst besorgen, und unsere Verwandten wussten nichts Interessantes mitzuteilen. Entweder erzählten sie von den Kleinigkeiten des Lebens, um bloß nicht über mich reden zu müssen, oder aber, sie ließen Mitleidsbekundungen vom Stapel, und da konnte ich erst recht drauf verzichten. Bei jedem ‚Ach du tust mir ja so Leid' schwingt schließlich ein ‚Wie gut, dass mir das nicht passiert ist' in leichten Tönen mit.

Am Telefon war ein Professor Sowieso. Anna gab mir den Hörer. Der Prof klang freundlich und seriös. Er hätte auch Radiomoderator im Nachtprogramm sein können, so klangvoll-tief war seine Stimme. Er bat mich, noch am selben Tag in die Klinik zu kommen. Ihnen sei etwas ‚eingefallen'. Ich sagte zu, und gemeinsam überlegten Anna und ich, was der Herr Professor denn mit ‚eingefallen' meinen könnte. Im Allgemeinen handelt es sich dabei ja um etwas, auf das man auch schon früher hätte kommen können. Ich neigte in dieser Zeit dazu, anderen Vorwürfe zu machen.

Nichts ahnend nahm ich mir ein Taxi. Zum bestimmt hundertsten Mal betrat ich den gigantischen Klinikkomplex am Stadtrand. Obwohl ich privat versichert war und so in den mir manchmal schon unangenehmen Genuss verschiedener Extrawürste kam, im modernen Kastenwesen für meine Gesundheit also besonders viel verrechnet wurde, hatte ich diesen Professor bisher noch nicht zu Gesicht bekommen. Es war der Klinikdirektor höchstpersönlich. Er war etwa fünfzig, wirkte schnittig und charmant wie der Männertyp ‚Pilot' und trug eben diese Brille mit vergoldetem Gestell. Geschmackssache.

„Ich habe ihr Krankenbild anhand der Akten studiert. Sie wissen, wie es um Sie steht?" Welch dumme Frage, dachte ich, nickte leicht und antwortete: „Ich merke es." „Nun ja, wir haben etwas Ungewöhnliches hier an unserer Klinik vor. Etwas noch nie Dagewesenes. Sie wissen, wir sind nicht nur eine Heilanstalt, sondern auch ein Hort der Forschung..." Ich fand seinen Vortragsstil unerträglich. Irgendwas musste das Ganze ja mit mir zu tun haben, und das machte mich ungeduldig. Professor Ranzig, wie ich endlich den Namen auf seinem Kittel entziffern konnte, bemerkte meine Nervosität und kam zur Sache: „Wir planen eine Hirntransplantation!"

Zuerst dachte ich, der Mann sei völlig von der Rolle. Warum erzählt er mir das? An den Fortschritten der Medizin war ich herzlich wenig interessiert. „Mit meinem Gehirn ist doch alles okay und außerdem ist bei mir eh Hopfen und Malz verloren", entgegnete ich. Dabei sprang er auf und sagte aus der Drehung heraus mit einem fanatischen Glühen im Gesicht: „Eben drum!"

Ich verstand den Mann nicht. Weil mein Gehirn in Ordnung war, wollten sie es transplantieren...? Auf einmal dämmerte es. In meinen Adern stand das Blut. Ranzig wandelte im Raum auf und ab, fiel dabei zurück in seinen zähen Vortragsstil. Er erzählte von den Fortschritten, die sein Institut in den letzten Jahren gemacht hatte, sprach von den guten Chancen, die eine Hirntransplantation nun habe, natürlich besonders auf Grund der neueren Informationstechnologie. Wie ermüdend waren doch die immer gleichen Sätze, die die unbegrenzten Möglichkeiten des Internets und die Rechner-Revolution beschworen!

Ranzig leistete sich schließlich einen Exkurs durch die Geschichte der Transplantationskunst. Kaum etwas davon konnte ich aufnehmen. An der Wand erblickte ich eine Tafel. Jemand hatte versucht, etwas mit chaotisch durcheinander laufenden Pfeilen zu veranschaulichen. Hoffentlich nicht ein Operationsmuster, dachte ich. An der Wand hing ein verblichenes Kruzifix. Meine Gedanken kreisten weiterhin um die Frage, was das Ganze nun konkret mit mir zu tun haben könnte. Man würde doch wohl nicht irgend einem Irren das Gehirn herausoperieren und ihm meines einsetzen, nur um aus ihm einen schlauen Kopf zu machen.

Und dann rückte der Professor endlich raus mit der Geschichte: Der Leistungsschwimmer Max Sommer habe, so wie ich, nur noch etwa einen Monat zu leben. Ein Gehirntumor mache ihm den Garaus. Sein Körper sei dagegen absolut fit.

Ich musste an die Trabbis denken. Wenn da mal ein Teil versagte, dann suchte man sich einen Trabbi, bei dem etwas anderes kaputt war. Aus zwei mach eins war besser als keins. So wurden wahllos Karosserien oder Motoren ausgewechselt.

„Ich geb's nicht her", dachte ich und sagte, dass ich die Angelegenheit mit meiner Lebensgefährtin (ja, ich sagte ‚Lebensgefährtin' – mir gegenüber saß schließlich ein Mann von Rang...) besprechen müsste.

Ich verließ das Krankenhaus und entschied mich, den Nachhauseweg zu Fuß anzutreten. Ich brauchte Luft zum Atmen und Zeit zum Denken. In mir rumorte es. Einerseits war ich über diesen Vorschlag schwer geschockt, andererseits war ich aufgedreht, weil sich nun doch noch einmal etwas bewegt hatte. Der selbst gewählte Trott war gewaltsam durchbrochen. Und das war erstmal gut so. Mühsam schleppte ich mich nach Hause, mir fehlten die Kräfte für einen längeren Marsch. Je näher das Ziel rückte, desto langsamer wurde ich.

Ich hatte nicht viel Zeit. Ranzig wollte die Operation bereits in wenigen Tagen durchführen, damit die Organismen nicht schon zu stark geschwächt waren. Keine Sondergenehmigung, aber immerhin eine stillschweigende Duldung war ihm nach langem Hin und Her von höchster Stelle signalisiert worden. Eine Auflage gab es: Die Unternehmung musste streng geheim gehalten werden. Erst wenn das Gelingen der Operation ‚unzweifelhaft' feststand, durfte man sich in der Menge baden.

Es war dem Professor anzumerken, dass für ihn sehr viel auf dem Spiel stand. Ich weiß nicht, ob es dabei auch um große Summen ging, aber der Ruhm, ein Platz in den Geschichtsbüchern, vielleicht der Nobelpreis – das waren die Ziele, die diesen doch fanatischen Forscher trieben. ‚In den Fußstapfen Christian Barnards', des Mannes, dem siebenundsechzig die erste Herztransplantation gelungen war... Natürlich erreichte man mit dem Gehirn eine ganz neue Dimension. Natürlich.

Anna und ich drückten diese Nacht kein Auge zu. Eigentlich war von Beginn an klar, dass ich es machen würde, aber das ‚Ja' blieb doch unaussprechlich. Wir wussten, was alles damit zusammenhängen würde – heute würde ich sagen, wir wussten es nicht. „Vielleicht wirst du ein echter Vollidiot", machte Anna mir scherzhaft Mut. „Hör auf mit dem Quatsch", entgegnete ich, „schief gehen kann immer etwas, aber jetzt ist doch eher die Frage, wer ich hinterher überhaupt noch bin". „Du bleibst doch du", sagte Anna nach einer Weile unsicher. „Aber keiner wird mich erkennen", retournierte ich. Dann wurde es still, Anna rang nach einem Ausweg, doch sie war so ratlos wie ich.

Ein Scherz war schließlich die Rettung: „Du weißt doch, das Aussehen ist bei der Partnersuche nicht so wichtig." Wir hatten oft über diesen hehren Anspruch zivilisierter Menschen debattiert und waren doch stets zum gegenteiligen Ergebnis gekommen: Die Optik entscheidet, Weiteres fügt sich. Beide mussten wir lachen.

Anna und ich, die wir wohl seit unserer Pubertät nicht eine Sportschau mehr angeschaut hatten, kannten Max Sommer nicht. Vielleicht war die Frage, ob sein Erscheinungsbild zu mir passen würde, gar nicht so wichtig. Vielleicht würde ein durchtrainierter Philip Stein gar richtig blendend aussehen. Meine zu dieser

Zeit tief eingefallenen Wangen konnten etwas Durchblutung gut gebrauchen.

Aber würde, das ließ uns keine Ruhe, Anna diesen Mann überhaupt noch lieben können? Einen augenscheinlich Fremden? „Ich weiß es nicht", sagte sie ehrlich, und eine Träne kullerte ihr über die Wange. Es hatte immer etwas Feierliches, wenn Anna, dieser Inbegriff einer starken Frau, einmal Zerbrechliches zum Vorschein brachte. Ein äußerst seltenes Ereignis.

Wir hatten es uns immer eingestanden: Wie lange die Liebe hält, das sichert kein Versprechen. Mit der bevorstehenden Operation erlangte der Satz jetzt traurige Gewissheit. „Gibt es nun eine Seele oder nicht", brachte ich eine andere bohrende Frage auf die Nachtordnung. „Ganz klar: ja!", war sich Anna sicher, „und es müsste ‚deine' sein, die dann in dem neuen Menschen wohnt – von dir kommt schließlich das Gehirn...", vollendete sie, nun schon deutlich zweifelnder, ihren Gedankengang.

Dass der Geist eines Menschen mit seiner Denk-Zentrale verbunden sein musste, darin waren wir uns schließlich sicher. Besser gesagt: Wir redeten es uns ein. „Obwohl, um deinen Charakter wäre es auch nicht schade", teilte meine Freundin in dem doch eigentlich so heimeligen Schlafzimmer aus. Sie konnte auch feinfühliger sein, das wusste ich.

Wir tranken, eingemummelt in mehrere Decken, unglaubliche Mengen Rotwein, und je mehr der Saft wirkte, desto weiter trugen uns unsere pseudophilosophischen Ergüsse. Ruhelos durchquerten wir die Nacht. Und dann sprang Anna irgendwann plötzlich auf und tauchte gleich wieder unter – in unseren Altpapier-Bergen. Schließlich wurde sie fündig; eine kurze Zeitungsmeldung berichtete von einem sensationellen Versuch: Wissenschaftler hatten einem Huhn ein Wachtelhirn eingesetzt. Die Operation war geglückt! Das Huhn zeigte daraufhin typische Verhaltensweisen einer Wachtel... Endlich fanden wir unseren Schlaf.

Am kommenden Morgen rief ich bei Professor Ranzig an und teilte ihm mit, dass ich bereit sei. Vorher wollte ich meinen ‚Körperspender' jedoch noch einmal sehen. Man hörte ihn am anderen Ende leicht grunzen, was wohl ein Ausdruck der Freude war. „Geht klar!", sagte er hastig, „kommen Sie morgen Nachmittag mit ihren Sachen in die Klinik; übermorgen operieren wir."

Bei all meinen Erfahrungen mit dem Gesundheitswesen war ich baff über diese grenzenlose Spontanität. Aber wahrscheinlich ist es wirklich so – wenn die großen Aufgaben rufen oder das große Geld, wenn es gilt, sich in die Teilnehmerlisten historischer Ereignisse einzutragen, dann geht plötzlich alles wie im Flug. Wie bei der Deutschen Einheit: Wo es sonst Jahre dauert, ein einziges Gesetz durchzubringen, da können Politiker eben mal etwas so weit reichendes wie den Zusammenschluss zweier Staaten in ein paar Monaten besiegeln.

Anna und ich gingen noch einmal in die Kirche. Das war komisch, weil wir eigentlich gar nicht gläubig sind. Jedenfalls nicht im kirchlichen Sinne. Aber irgendwie klebten sie doch an uns, die christlichen Werte, aufgesogen in Kindergärten und -gottesdiensten, im Konfirmanden- und Religionsunterricht, in Elternhäusern, die versuchten, möglichst häufig Christkind statt Weihnachtsmann zu sagen.

Mit „Ich bin klein, mein Herz ist rein" hatte alles angefangen. Mit einem letzten Veranstaltungs-Besuch in der Evangelischen Studentengemeinde hätte es aufhören können, und doch ließen wir noch immer die keineswegs bescheidenen Kirchenbeiträge monatlich von unseren Gehältern abziehen; Überweisungen als postmoderne Ablassbriefe für unsere kleinen Sünden im ehrgeizigen Kollegenkreis, für Seitensprünge und unnütze Autofahrten?

Vielen Freunden ging es so. Sie konnten sich gar vorstellen, einmal wieder sonntags auf das wöchentliche Ausschlafen zu verzichten und in die Kirche zu gehen – und taten es dennoch nie. Doch irgendetwas, das sagte jeder, muss da oben schon sein. Was der schrille Alltag uns täglich bescherte, das alles konnte keine Aneinanderreihung von Zufällen sein; und dass wir, obwohl neben uns die höchsten Türme zum Einsturz gebracht wurden, jeden Abend wieder zersaust aber wohlbehalten unsere Heimstätte erreichten, erst recht nicht.

An die Antworten der Kirche konnte ich, der Wissenschaftler, zwar auch nicht glauben (sofern die Glaubensbrüder überhaupt noch Antworten zu geben versuchten). Doch das Denken, das unsere Kirche uns mit auf den Weg gegeben hatte, war mir vertraut. Das Christentum prägte, obwohl wir es so oft nicht wahrhaben wollten. Anna und ich, wir zogen für andächtige Augenblicke eigentlich den Wald und die Landschaft unseren dunklen Gotteshäusern vor. Trotzdem gingen wir an diesem Tag lieber in eine Kirche, den Ort der Besinnung.

Dieses Gemäuer war einmal errichtet worden, um denen Angst einzuflößen, die ihren letzten Schweiß und ihr letztes Geld dafür gegeben hatten. Heute war der Parkplatz größer als die Kirche selbst, was schon ein schlechtes Zeichen ist. Schön war nur die feuchte Kühle und die mächtige Stille unter den Ziegeln.

Wir fanden unseren Ruhepuls, beteten und gingen schnell wieder. Der Spaziergang mit Anna brachte mehr – sie noch einmal ganz nah zu spüren, meinen Körper, und nur meinen, an sie zu drücken, ihre Hand zu halten und ihr etwas Wärme zu stehlen, die kostbar war, denn der Wind zog an und ließ es allmählich unbehaglich werden. Aber das war nur an der Oberfläche. Tatsächlich wurde der Spaziergang noch reizvoller – die von ihren Böen chauffierten Stipper glichen einem Kugelhagel, der uns Schutzsuchende noch weiter zusammenschweißte.

Fließend war der Übergang von dem anfänglichen Schlendern, Arm in Arm, zum bemühten Stützen meiner rasch ermüdenden Glieder. Dennoch: Kaum etwas strahlt mehr Gemütlichkeit aus als Regen bei einem Spaziergang – spätestens bei der Ankunft daheim.

Wir zogen uns die nassen Klamotten aus, holten das Bettdeck aus dem Schlafzimmer und fläzten uns aufs Sofa im Wohn- oder besser Fernsehzimmer. Die Altbauräume mit Stuckfragmenten an der Decke waren noch wie zu Studentenzeiten eingerichtet. Regale aus naturbelassenem Holz, solide Standardmodelle von Ikea, waren mit Büchern, Ordnern und nicht immer gut gegossenen Blumen voll gestellt. Auf einer unteren Etage war der Drucker zwischen zwei Wäschestapeln – einem mit dicken Strümpfen und einem mit Damenunterhosen – eingekeilt. An den Seiten der hohen Holzfenster hingen Leinenvorhänge hinab, die praktisch nie vor die Fenster gezogen wurden. Die Angst vor feindlichen Blicken war gering.

Langsam erfüllten die Briketts in dem alten Kachelofen ihre Aufgabe. Anna war mit dem Trocknen ihrer durchtränkten Haare beschäftigt, eine Arbeit, die mir dank der Chemotherapie nun erspart blieb. Erst ein leichter Flaum war zurückgekehrt, seit die Behandlung auf Eis gelegt worden war. Ein letztes Erblühen.

Nur unsere Köpfe schauten schließlich unter den Decken hervor, gebannt gen Fernseher gerichtet. Es lief Viva; die sich windenden Körper hätten für Ablenkung sorgen können. Doch jetzt, da alles gerade so nett war, kam alle Bitterkeit um so heftiger zu mir zurück. Wir wollten eigentlich nicht mehr problematisieren, überhaupt nicht mehr. Für die Zeit danach hätte ich mir reine Horrorszenarien ausmalen können. In der Gemütlichkeit auf dem Sofa verzichtete ich aber darauf.

Am Nachmittag des kommenden Tages brachte Anna mich noch ins Krankenhaus. Wir verabschiedeten uns mit einem fantastisch langen Kuss. Selbst ich, ein ausgemachtes Küss-Muffel, konnte nicht von ihren Lippen lassen. Es fielen keine Worte mehr. Wir würden uns erst nach der Operation, im Himmel oder niemals wiedersehen. Wir weinten, als sie ging – und zum ersten Mal kam ich mir wie der Hauptdarsteller in einem furchtbar packenden Hollywood-Melodram vor.

Anna hatte keinen Ausblick geliefert, sie hatte nicht angekündigt, dass sie mich besuchen würde, sie hatte mir nicht meine Wohnungsschlüssel in die Hand gedrückt, sie hatte nicht auf ein Wiedersehen gehofft. Es war die quälende Unverbindlichkeit in unserer Beziehung, die nun eine neue Steigerung erfahren hatte. Den ganzen Abend weinte ich in Intervallen, die nur von verzweifelter Stille durchbrochen waren. Das war das Beste, was ich tun konnte. Angst hatte ich nicht, obwohl ich an ein Gelingen der Operation nicht glauben konnte. Nach der ersten Herztransplantation hatte der Patient immerhin noch kurz gelebt.

Am frühen Vormittag traf ich Max Sommer. Wir gingen im Klinikpark spazieren. Es stellte sich schnell heraus, dass er ein anderer Schlag Mensch war. Er war für meine Begriffe recht einfältig, aber doch ein netter Kerl. Sein Körper war muskulös und elegant – für einen Bierbauchträger wie mich sicherlich eine klare Verbesserung.

Durch die Operation könnten mir die Qualen an den Geräten eines Fitnessstudios also erspart bleiben, dachte ich schmunzelnd. Schon oft hatte ich vor meiner Krankheit mit dem Gedanken gespielt, mich in einem solchen Übungsraum mustern zu lassen – nachdem sich in meinem Freundeskreis selbst einstige Bodybuilding-Hasser klammheimlich angemeldet hatten und beträchtliche Summen für ihre Körper-Modulation überwiesen. Kerle und Mädels, die es weiß Gott nicht so nötig gehabt hätten wie ich. Doch ich hatte gezögert: Solange ich mit dem Fahrrad zur Uni gefahren war, sollte das Pedal-Training ausreichen. Doch mit der Arbeit war das Auto gekommen – und der Bierbauch. Und dann kam der Krebs.

Sommer erinnerte mich in Art und Gestalt stark an meinen alten Sportlehrer, der uns unerbittlich und doch nie um einen Spruch verlegen über die Tartan-Bahn gehetzt hatte. Auch sein Gesicht kam beim anderen Geschlecht bestimmt gut an, auch wenn es nichts Markantes hatte, wie es in dieser Zeit gerade den männlichen Werbe-Models abverlangt wurde. Kein südländischer Typ war Max, sondern ein glatter Schönling mit Babypopo-Haut und Grübchen. Ein rundes Sportlergesicht, gefällig und anziehend, aber auch etwas beliebig. Vielleicht hätte ich doch lieber mein kantig-herbes behalten...

Ich gab mir selbst einen Ruck: Über was für blöde Dinge machte ich mir kurz vor meinem so bedeutungsvollen Körpertausch Gedanken? Nüchtern war unser Wortwechsel. Unsere Resignation war nicht zu übertünchen. Nach der ‚Vereinigung' wollten wir uns um die Angehörigen auf beiden Seiten kümmern. „Ich habe eine liebe Frau und zwei Söhne“, sagte Sommer erwartungsvoll. „Ich werde mein Bestes geben“, sagte ich.

Ich weiß nicht, ob es an unserer unerhörten Spannung lag, dass wir kaum einen Satz herausbrachten. Gerade hatten wir uns vielleicht für immer von den Menschen verabschiedet, die uns etwas bedeuteten. Vor uns lag nichts als das Ungewisse. Und wir waren Männer, die doch dazu neigten, Ratlosigkeit mit Schweigen zu beantworten – zum Leid vieler Frauen, die in vergleichbaren Situationen vielleicht aus dem Lamentieren nicht mehr herausgekommen wären. Wirklich alles nur Klischees?

Langsam schlenderten wir durch den Park, zwei Todgeweihte. Ich achtete auf Sommers Gang: Leicht wippend aber steif schritt er über die Gehplatten; vielleicht unbeholfen, vielleicht aber auch stolz wirkte er zu Fuß, auf keinen Fall aber strahlte er Lässigkeit aus. Ist dieser Mann geboren worden, um sich im Wasser fortzubewegen, fragte ich mich neben ihm schlurfend.

Ich wurde nervös, steckte mir eine Zigarette an. Skeptisch blickte Sommer hinüber, verzog dabei sein Gesicht. „Blas bitte nicht in meine Richtung“, bat er mich. Sommer schwieg eine Weile, rang um Worte und setzte dann fort: „Vielleicht könnten wir nach der Operation gar nicht mehr rauchen?“, fragte er vorsichtig und grinste dabei verlegen.

Ich sprach es in meinem Inneren noch einmal ungläubig nach: Er hat mich gerade gebeten, in Zukunft nicht mehr zu rauchen. Was bisher jeder für sich entschieden hatte, wurde plötzlich zum Verhandlungsgegenstand zwischen zwei Noch-Individuen. Mir wurde endlich klar, in welcher doch viel frustrierenderen Stimmung Max Sommer sich befinden musste, verstand seine zum Himmel schreiende Niedergeschlagenheit: Zwar durfte er offiziell weiterleben und bekam nur ein neues Organ – aber es war eben diesmal nicht irgendein Organ, wie etwa das Herz. Nicht das große Symbol für Liebe und Leidenschaft, das eigentlich nur eine austauschbare Pumpe ist, sondern das Gehirn, die Schalt-Zen-trale, der Denkapparat. Nicht weniger als der Ort, an dem alle Gefühle zusammenlaufen, wo Liebe und Leidenschaft tatsächlich zu Hause sind. Für ihn hörte mit der Narkose das bewusste Sein auf, für mich nur die alte, körperliche Existenz. Der Geist ist willig, der Körper schwach.

Es war verrückt. Professor Ranzig hatte sich offenbar wie ein kleiner Gott aufgespielt. Seit er die Duldung in der Tasche hatte, wartete er auf eine gelungene Paarung. Der erste hirntransplantierte Mensch der Geschichte sollte ein Traummann werden – ‚sein' Werk: sportlich wie ein Schwimmer, der Staffel-Silber von Europameisterschaften vorweisen konnte, und schlau wie ein Forscher, der sich in seinem Fachgebiet bereits in jungen Jahren einen Namen gemacht hatte. Beide standen wir jedoch nicht im Rampenlicht, was verheerend gewesen wäre, wenn die Operation scheitern sollte. Perfekt. Am liebsten wäre ich doch noch abgesprungen, denn ich mochte keine Auslese unter Menschen – mit der vielbemühten Formel ‚Ablehnung aus ethischen Bedenken' hätte ich schon eine ausformulierte Begründung zur Hand gehabt.

Aber der Wunsch zu leben war jetzt stärker als verletzte Überzeugungen: Erst kommt das Fressen, dann die Moral. Mein Vater hatte mir stets eingebläut, dass man nur einmal im Leben ‚seine große Chance' bekommt. Vater hatte immer zur See fahren wollen. Bei der Marine hatten sie ihm angeboten, dass Kapitänspatent zu erwerben. Doch die Liebe zu meiner unternehmungssüchtigen Mutter war noch frisch gewesen – er konnte damals nicht daran glauben, dass sie längere Abwesenheiten überdauert hätte. Wenn er später nicht aus dem Büro wegkam und bis in die Nacht Akten wälzte, schweiften seine Gedanken wehmütig hinaus auf die Meere. Die Trennung von meiner Mutter war auch auf diesem Wege schließlich unabwendbar, und die See blieb ein Traum.

Wer im entscheidenden Moment schläft, bekommt keine zweite Chance, hatte Papa gesagt. Wer lässt sich schon gerne einen Schläfer schimpfen? Gerade heutzutage? Ich wollte den rettenden Ast ergreifen, so zwielichtig die Umstände auch waren. Die Verträge waren gemacht. Als Sommer und ich uns die Hand reichten, blickten wir uns tief in die Augen. Seine waren blau wie das Meer.

Ich las den Vertrag, in dem nichts mehr von den versprochenen „guten Chancen" stand. Im Büro des Professors besiegelte ich den Hinweis auf große Risiken wie etwa „Eintritt des Todes" oder eventuelle Funktionsstörungen nach der Operation übermütig mit meiner Unterschrift. Mittags schlief ich ein – nicht durch eine Spritze, sondern mit aus einer Gummimaske strömender Luft, die nach einer Mischung aus Klebstoff und altem, bitteren Gummi roch. Nach vier Zügen war ich weg.

13. Winterschluss

In der Zeit nach der Operation durfte ich erst einmal nicht aufstehen. Das Hirn sollte sich stufenweise an die neuen Begebenheiten gewöhnen. Es drohte eine Überlastung mit neuen Informationen. Das Geschehene zu verarbeiten, fiele mir schon schwer genug, hieß es. Einfach nur zu wissen, was passiert war, reichte nicht. Aus diesem Grund war es auch eine abgemachte Sache, dass vorerst kein Besuch zu mir durfte.

Mir wurden Grüße von meinen Frauen ausgerichtet, Blumen auf das multifunktional unpraktische Nachttischlein gestellt. Alle Spiegel waren aus dem Raum entfernt worden. Bilder von farbenfroh welkenden Bäumen weckten in mir eine Herbststimmung, dabei sollte doch der Winter schon zu Ende sein.

Meine Sinne sollten geschont werden. Täglich sollte ein Psychotherapeut kommen und mit mir ‚über alles reden'. Beim ersten Besuch brachte er mir ein Foto von Max mit. Ich sollte es immer mal wieder betrachten und mir vorstellen, es sei ein Bild von mir. Für den Seelendoktor war klar, dass das, was ich bereits mit Sicherheit wusste, noch nicht Teil meines Selbstbewusstseins geworden war. Schon ein Blick in den Spiegel konnte demnach zu einem Nervenzusammenbruch führen.

Ich nahm das alles cooler. Vielleicht zu cool. Erstaunlicherweise schienen alle Steuerungsfunktionen makellos ihren Dienst zu tun. Wenn ich meinen rechten Arm bewegen wollte, regte sich nicht der linke. Wenn ich meinen verdauten Krankenhausfraß in die Freiheit entlassen wollte, passierte das wie gewohnt. Des öfteren schmiss ich zwar etwas um, aber das lag nicht an fehlgeleiteten Befehlen, sondern an meinen neuen Abmessungen. Ich hatte die größere Armlänge einfach noch nicht abgespeichert.

Auch die Sinnesorgane funktionierten mit kleinen Einschränkungen; so spürte ich etwa eigenartige Gerüche auf, Gerüche, die mir so keiner bestätigen konnte. Zum Beispiel, wenn mir das Essen gereicht wurde. Die Kartoffeln rochen nach nassen Haaren. Einiges, was unglaublich lecker aussah, konnte ich nicht essen, weil es grauenhaft stank. Wenn ich mich dann beschwerte, nahmen die Schwestern das Essen wieder fort. Sie protestierten nicht, auch nicht die süße Lernschwester Katja, sondern schauten mich lediglich fragend an. Was hätte es auch geholfen, mir zu sagen, dass es ganz gewöhnlich roch? Der Chefarzt duftete nach Brombeeren. Ich weiß nicht, ob das nun meine individuelle Interpretation seines Schweißgeruchs oder aber eines zweifelhaften Parfüms war. Ich weiß es nicht...

Bevor mich der Therapeut nach seinem ersten Besuch wieder verließ, machte er mir noch Mut. „Sie sind wider Erwarten ein einfacher Patient“, lobte er mich. „Ich habe doch gar nichts gemacht“, entgegnete ich erstaunt, und der Psychologe nickte, grinste dabei und sagte schließlich: „Darum sind Sie ja so einfach. Sie glauben gar nicht, was ich hier noch für Fälle habe!“ Er schaute mich wissend an, schob dabei seine Brille etwas auf dem Nasenrücken herauf.

„Ich werde Ihnen trotz des Schweigegeheimnisses etwas erzählen. Ich nenne keine Namen“, ging der Therapeut schließlich in einen Flüsterton über: „Er liegt im Zimmer nebenan.“ Der Patient in Raum zweihundertelf war Manager mit Frau und zwei Kindern, ein Mann, der auf seine Garderobe außerordentlich geachtet hatte. Plötzlich hatte ihn ein schwerer Unfall ereilt: Vierzig Meter war er in seinem BMW durch die Luft geflogen und schließlich auf dem Dach gelandet. Nicht nur das Fahrzeug war dabei aus der Bahn geworfen worden, sondern auch seine Persönlichkeit, zurückkatapultiert um 20 Jahre.

Jetzt, so erzählte mir der immer redseliger werdende Schweiger, will der Mann so schnell wie möglich entlassen werden und zurück in seine Kaserne, in der er seit 20 Jahren nicht mehr gewesen ist. Nicht nur seine Familie ist ihm fremd, auch sein ganzer Freundeskreis besteht aus Rekruten, mit denen er eigentlich schon lange nichts mehr zu tun gehabt hat. „Dann ist der Typ also durchgedreht“, stellte ich fest, doch der Therapeut, der sich inzwischen wieder auf meine Bettkante gesetzt hatte, widersprach energisch: „Sie werden ihn auf dem Flur begegnen, sprechen sie ihn an – der Mann ist hochintelligent und vernünftig. Er hat bis vor kurzem einen harten und verantwortungsvollen Job geschmissen.“

Doch ich wollte mich damit nicht zufrieden geben: „Welchen Dienstgrad hat er?“, fragte ich. „Er ist, so denkt er, Obergefreiter“, lautete die Antwort. „Wenn der Mann tatsächlich noch ganz bei Trost ist, warum fragt er sich dann nicht, warum er es als 40-Jähriger, also in 20-jährigem Dienst an der Waffe, nicht zu mehr als einem Obergefreiten gebracht hat?“ Mein Therapeut runzelte die Stirn. „Sie gehen viel zu sehr von sich aus. Für diesen Mann steht eines genau fest, dass er nämlich gerade bei der Truppe ist und im Umgang mit seinen Kameraden viel Spaß hat. Das ist das einzige, was für ihn wirklich sicher ist. Er braucht etwas, dass er nicht in Frage stellen muss, denn eigenartig ist für ihn schon genug: Warum kommt aus seiner Einheit niemand zu Besuch, was wollen diese Frau und diese Kinder von ihm, was machen sie mit ihm in diesem Klinikum?“

Wir schwiegen einen Moment. Ich merkte, dass der Psychologe bei diesem einen Patienten nicht mehr weiter wusste. „Wenn er entlassen wird, was wollen Sie mit ihm dann machen?“, fragte ich. Mein Gesprächspartner blickte mich erst besorgt an, dann fing er an zu grinsen: „Ich werde ihm immer wieder sagen, dass er einen schweren Unfall gehabt hat und dass sich damit in seinem Leben auf einen Schlag sehr viel verändert hat. Viel mehr kann ich nicht machen.“ „Heißt das, Sie werden ihn...“, fragte ich leicht stotternd, und der Therapeut setzte entschlossen meinen Gedanken fort: „...in den Alltag entlassen und ihn mit der Wirklichkeit konfrontieren.“ Während dieser Worte hastete der Mediziner, dessen Namen ich mir nicht merken konnte, plötzlich zur Tür. Ohne sich noch von mir zu verabschieden, war er verschwunden.

Am zweiten Tag der Wiederauferstehung – so recht überlegt hatte ich ja nun mit der geglückten Operation einen neuen Geburtstag, mit dem von Max Sommer also gar einen dritten – kam Ranzig herein und teilte mir mit, dass man trotz des Gelingens der Transplantation die Sache vorerst nicht an die große Glocke hängen wolle. Es gab juristische Probleme, die sich auch nicht durch einen Verweis auf die wenig verbindliche Duldung beseitigen ließen. Der Professor und seine Vasallen mussten einen Königsweg finden: Schlicht und einfach gab es nämlich einen Menschen weniger als zuvor – es stellte sich also die Frage, auf welche Weise Philip Stein, von dem ja nur noch ein gespendetes Organ lebte, gestorben war.

Jeder Tod braucht schließlich seine Ursache. Die Hinterbliebenen eines Selbstmörders, der seinen Wagen gegen eine Wand gesteuert hat, müssen zwischen ‚Freitod‘ und ‚Verkehrsunfall‘ entscheiden; und drücken mit ihrer erwartungsgemäßen Wahl die Selbstmordrate – im Totenschein steht schließlich, ganz nach Recht und Ordnung, eine einzige Ursache. War Guntrams Sprung vor den Zug am Ende zum Verkehrsunfall degradiert?

Das Problem bei mir war komplexer: Nicht die Wahl zwischen zwei Ursachen musste bewältigt werden, sondern überhaupt eine anerkannte gefunden werden... Was nur sollte in meinem Totenschein stehen?

Um jemanden für tot erklären zu dürfen, müssen entweder alle Körperfunktionen aussetzen, so dass der Körper erkaltet, oder mindestens der Hirntod eintreten, also der ‚unumkehrbare Ausfall aller messbaren Hirnfunktionen' diagnostiziert werden. Leider und zum Glück taten zum Zeitpunkt der Operation beide Gehirne noch ihren Dienst. Noch schlimmer: Das des vermeintlich Toten war sogar gerade dabei, schon wieder lüsterne Blicke zu steuern. Der Professor hatte also Angst, sich wegen Mordes oder zumindest unerlaubter Sterbehilfe verantworten zu müssen.

Vielleicht hätte er doch lieber in Holland operieren sollen. Doch dafür war es nun zu spät. Die Einverständniserklärungen der Betroffenen würden nicht viel helfen, allenfalls mildernd berücksichtigt werden. Die Karrierekurve des Pioniers drohte, einen empfindlichen Knick zu bekommen. Dabei sollte sie doch gerade hoch zu den Sternen schnellen...

Das Ganze war eine Zwickmühle, denn solange die Transplantation nicht an die Öffentlichkeit gelangen durfte, musste Ranzig klein wie eine Kirchenmaus bleiben. Und noch eins: Letztendlich hatten wir gar keine Wahl – der Kreis an Mitwissern schon allein in der Klinik war viel zu groß. Langfristig ließ sich der Coup unmöglich geheim halten.

Es ging also darum, Zeit zu gewinnen. Es galt, wertvolle Vorarbeit zu leisten, sprich, mit ein paar wichtigen Leuten essen zu gehen. Wenn dann die Stunde der Wahrheit schlagen sollte, würde der Professor auf einer Welle der organisierten Unterstützung reiten können. Wenn dann einige Querköpfe in irgendwelchen unsäglichen Talkshows wieder mal die Moralkeule schwingen würden, hatte der Professor schon genug Leute mobilisiert, die ihn nicht fallen lassen würden – und das sollte, so Ranzig, nicht nur für die Wirtschaft, Medien und Politik gelten, sondern auch für die Zunft der Richter!

Neben diesem Ärger war dem Professor jedoch auch die Genugtuung über die gelungene Transplantation anzumerken. Bei jeder Bewegung, die ich machte, und bei jedem Wort, das ich sprach, schienen seine Augen etwas aufzublitzen. „Sie funktionieren!", sagte er stolz, während ich versuchte, mein Spiegelbild in seinen getönten Brillengläsern zu erhaschen. Ich funktionierte nicht nur, ich lebte. „Sie riechen nach Brombeeren", merkte ich an. In der Manier eines Hausarztes retournierte er: „Das legt sich!" Irritationen am Anfang seien nichts Ungewöhnliches. Das galt wohl auch für meine schleppenden Kopfschmerzen. Und dann kam noch eine seiner, diesmal etwas jugendlich angehauchten Plattitüden, mit denen es ihm immer wieder gelang, seine Patienten in Unwissenheit zu halten: „It's always hard at the start!", zitierte er Oscar Wilde mit deutschen Akzent.

Hart wurde bei mir nach dieser Unterredung etwas ganz anderes. Lernschwester Katja brachte mir den Dreiuhrtee. Wir waren allein im Zimmer. Wie zuvor trug sie einen Pflegekittel, der ihr zwei Nummern zu klein zu sein schien. Mit ihren Rundungen füllte sie das Tuch prall aus. Die recht kleine Auszubildende hatte einen einnehmenden Po. Dieser und ihr neckischer Gesichtsausdruck brachten mich in Wallungen. Als sie mir schließlich auch noch tief in die Augen schaute, bildete sich in der Mitte meines Bettdecks eine unerwartete Anhöhe. Lernschwester Katja grinste und fragte kess: „Zelten Sie, Sie kleiner Pfadfinder?!" Summend verließ sie das Zimmer.

Adrenalin schoss mir angesichts dieses peinlichen Zwischenfalls in den Kopf. Du kannst nichts dafür, redete ich mir ein. Einen neuen Körper in den Griff zu bekommen, so dachte ich, das ist doch gar nicht so einfach. Aber als die Röte aus meinem Gesicht wich, spürte ich den Triumph: Ich hatte eine der grundlegendsten männlichen Gaben wiedererlangt. Nach monatelanger Abstinenz. Jetzt konnten die Korken knallen... Der heiße Tee auf meinem Tisch war genau das Falsche. Ich brauchte eine Abkühlung.

12. Kennlerntag

In den ersten zehn Tagen gab es ansonsten keine besonderen Vorkommnisse. Was sich meine wieder erwachte Phantasie auch an erotischen Abenteuern mit der Lernschwester ausmalte, es blieb bei der vorgesehenen Dienstleistungsbeziehung zwischen Pflegekraft und Patienten. Aber es schien so, als sei durch meinen einstigen Mangel an Körperbeherrschung viel an Distanz verloren gegangen. Katja erlaubte sich nun, Scherze über mich zu machen, etwa über meine Geruchsverwirrungen. Im sonst so tristen Krankenhausalltag war sie eine willkommene Abwechslung, schnell hatte ich ihren Dienstplan auswendig gelernt.

Als ich endlich das Bett verlassen durfte, traf ich ihn tatsächlich auf dem Flur: Der Obergefreite hatte vor der spiegelnden Glasscheibe zum Schwesternzimmer Haltung angenommen. Ich stellte mir vor, wie er in den nächsten Tagen entlassen werden und zu seiner alten Kaserne fahren würde, wie ihn dort keiner kennen würde, er vielleicht gar Ärger kriegen könnte, weil er sich in ein fremdes Bett gelegt und behauptet hatte, es sei sein Quartier. Wie enttäuscht würde er sein, wenn ihn keiner mehr in seiner trügerischen Gegenwart akzeptieren würde.

„Wie geht es ihnen?“, fragte ich meinen Zimmernachbarn. „Ich bin wieder fit“, antwortete er kurz, „man wird mich jetzt wieder abholen.“ Ich war durch die Schilderungen des Therapeuten neugierig geworden und bohrte weiter: „Was ist Ihnen passiert?“ „Es ist auf dem Übungsgelände etwas schief gelaufen“, fasste er sich weiterhin kurz. Ich merkte, wie sich der – im wahrsten Sinne des Wortes – Fremdenlegionär vor jeder Antwort sammeln musste. Er legte sich die Worte sorgsam zurecht, als ob er Angst hatte, einer Fangfrage ins Netz zu gehen. Ich riskierte es, ihm gegenüber indiskret zu werden: „Wohin werden Sie gehen, müssen Sie noch ins Sanatorium?“ Der Obergefreite, der bisher verstohlen zum Boden gesehen hatte, blickte mir nun direkt in die Augen. „Ich bin Soldat“, sagte er bedeutungsvoll, als ob diese Aussage einen Sanatorium-Aufenthalt von vornherein ausschließen würde.

Langsam ging ich den mit Neonröhren ausgeleuchteten Flur weiter hinunter. Man hatte dem geheimnisvollen Patienten sein Alter auf den ersten Blick angesehen. Es war auch zu merken, dass er sich mehr dachte, als er preiszugeben bereit war. Als ich zurück zu meinem Zimmer ging, redete er wortreich mit einer Krankenschwester. Meine erste Ahnung bestätigte sich: Der Soldat war ein außerordentlich eloquenter Gesprächspartner, solange es um die Gegenwart ging. Meine Fragen zur Vergangenheit und Zukunft konnte er dagegen aus Verlegenheit nur stereotyp beantworten.

Die kurze Runde über den Flur hatte angestrengt; in meinem Zimmer, in das viel zu wenig Licht drang, schmiss ich mich aufs Bett. Das Fenster ging nach Norden. So verstärkten sich noch meine Gedanken, die finster um die bald auch von mir zu bewältigenden Alltagshürden kreisten. Eine erste sollte mich gleich besuchen. Ich war nun Max Sommer, denn das Gehirn war lediglich ein Organ und reichte nicht für eine eigene Identität. Ich sah das anders, aber das spielte keine Rolle.

Auch für das andere juristische Problem zeichnete sich inzwischen eine Lösung ab: In den Totenschein wollte Ranzig nun einfach ‚Kreislaufzusammenbruch‘ eintragen. Das war nicht gelogen. Warum es dazu gekommen war, schien nicht mehr so wichtig zu sein.

Mich amüsierten die Probleme der Krankenhausleitung inzwischen eher. Na gut, dachte ich, dann ist eben einfach mal dein Kreislauf zusammengebrochen: ein Warmduscher-Tod zwar, aber vom Klang her immer noch besser als ‚Krebs' oder ‚Hirnausbau'. Mir war schon früher öfter schummrig vor Augen geworden. Und auf den Grabstein würden sie die Todesursache schon nicht meißeln: „Philip Stein, für immer in Ohnmacht gefallen."

Was sollte ich mir auch den Kopf zerbrechen? Ich wurde bei all diesen folgenschweren Entscheidungen sowieso nicht gefragt. Und so sollte ich nun gleich Besuch von meiner Ehefrau bekommen, die ich noch nie gesehen hatte. Da hat man sich nun extra nicht verheiratet, um bloß unabhängig zu bleiben, hat freiwillig höhere Steuern bezahlt, und dann bekommt man eine Gattin von seinem Arzt verschrieben!

Aber es war nichts Schlimmes für mich, verheiratet zu sein. Die Zeiten waren vorbei; im Freundeskreis wurde trotz gegenteiliger Beteuerungen inzwischen eifrig der Bund fürs Leben geschlossen, sogar bisweilen kirchlich. Sorgen bereitete mir eher das Familienleben, welches mich bald erwarten sollte. Ich würde jetzt Zwillinge ‚mein Eigen' nennen – soviel war von meinem Körperspender schon zu erfahren gewesen. Hatte ich nicht niemals Kinder haben wollen? Und dann stand sie plötzlich vor mir, einfach so.

Sie lächelte etwas verlegen, bewegte sich aber recht zielstrebig an mein Bett und gab mir einen Kuss auf die Wange, als wollte sie gleich, ehe zweifelnde Worte Raum einnehmen konnten, klare Verhältnisse schaffen. Sie war wohl etwas älter als ich, vielleicht 35, strahlte aber eine beeindruckende Frische aus. Ihr Gesicht war recht breit und doch malerisch, die Augen braun, die blonden Haare peppig kurz geschnitten. Ihr

Körper war wesentlich schlanker als Katjas, sportlich und ehrlich gesagt auch sexy, keineswegs dürr. Ein paar Falten konnte ich auf ihrer Stirn ausmachen, aber die schmälerten ihre Ausstrahlung nicht – sie gingen vielmehr eine gelungene Symbiose mit ihren eigenwillig einnehmenden Gesichtszügen ein.

Nur ihre Kleidung gefiel mir nicht. Die schwarze Hose lag zwar hauteng an, was ich eigentlich sehr schick finde, aber leider erstrahlte der Rest in zu knalligen Farben und ließ sie so clownesk erscheinen. „Wie geht es dir?", fragte sie. „Så där", antwortete ich auf schwedisch. Das machte ich öfter, wenn mir Floskelfragen gestellt wurden, und ich den Eindruck hatte, dass eine ehrliche Antwort nicht gefragt war. Ihr verdutztes Gesicht wirkte so, als hielte sie mich nun für sprachgestört.

Endlich merkte ich, dass sie wirklich an meinem Wohlergehen interessiert war. Also übersetzte ich meine Leichtfertigkeit und sagte: „Es geht so... Aber wie heißt du?", richtete ich meine Aufmerksamkeit nun ganz auf meine Gattin. „Ich bin Katja."

Natürlich musste sie so heißen. Gibt es viele Katjas? Diese beiden hatten auf jeden Fall etwas gemeinsam: Sie waren quirlige Gestalten und hatten hübsche Gesichter. Dann schwiegen wir eine Weile und schauten uns in die Augen. Ein Cocktail an Emotionen strömte mir entgegen – diese Frau war verunsichert, erleichtert, verängstigt, liebevoll und selbstsicher zugleich. Es war ein vorsichtiges Abtasten mit Blicken, die eine halbe Ewigkeit für sich in Anspruch nahmen.

Beide waren wir schüchtern, wie in jungen Jahren, wenn man sich verknallt hatte, aber nicht wusste, wie man sich näher kommen konnte. Eine quälende Distanz, die keiner mehr wollte. Im Nachhinein hatte diese eigenartige Spannung etwas Wunderbares. Es war das Kennenlernen zweier Menschen unter einzigartigen Umständen.

„Du wirst doch bei uns wohnen?“, fragte sie zögerlich. „Ich weiß nicht.“ Natürlich war ich jetzt ein anderer. Wie stellten sich die alle das denn vor? Ich konnte doch nicht einfach in ein neues Leben schlüpfen und die Rolle des glücklichen Familienvaters spielen. „Du musst dich trauen, in die Praline zu beißen. Dann wird es dir auch schmecken.“

Sie hatte offensichtlich eine Gabe vieler Frauen: Sie konnte eingarnen. Dabei zappelte ich doch schon längst im Netz. Man hatte festgelegt, dass ich nicht mehr Philip Stein sein würde. Außerdem war Anna, das hatte sie mir gerade recht kurz und bündig am Telefon erklärt, nicht bereit, mich zu besuchen. Sie hatte gewollt, dass ich mich erstmal in meiner neuen Welt zurechtfinden sollte, bevor wir uns träfen.

„Es ist ‚unsere' neue Welt!“, hatte ich dagegengehalten. „Aber du hast eine Verantwortung übernommen – der musst du jetzt gerecht werden“, meinte Anna und in ihrer Stimme kam die alte Strenge durch, bei der Verhandlungen zwecklos waren. Alle dachten an die Kinder, ärgerte ich mich, Kinder, die mir Sommer überschrieben hatte. Genau deshalb hatte ich vorerst keine eigenen haben wollen. Kinder beanspruchen ständige Aufmerksamkeit. Wer dachte an mich? „Ich werde mal dran knabbern“, sagte ich schließlich zu Katja, „aber sie darf nicht von Wissoll sein!“

Sie fing an zu kichern. Der Einstieg mit der Pralinengeschichte, den sie mir geboten hatte, war ein Selbstläufer geworden. „Sei aber vorsichtig“, setzte Katja das Spiel fort, „wenn du die Nuss in der Mitte knacken willst!“ Ich merkte, dass ich mir da weiß Gott kein Mauerblümchen eingefangen hatte. Katja war frech. „Pralinen, die so lecker aussehen, pflege ich erst langsam zu erlutschen.“ Wir grinsten uns an. Bei ihr tauchten zwei verführerische Grübchen auf.

Wir hatten, soviel war nun gewiss, nicht mit einer Bauchlandung begonnen. Beinahe wäre mir das gleiche Missgeschick wie bei der anderen Katja passiert, aber diesmal konnte ich die Anzeichen versteckt halten, mich endlich beherrschen. Es war ein Auftakt, den ich mir so reibungslos nicht vorgestellt hatte. Als ob wir uns schon seit Jahren kannten, hatte sich unsere Begegnung nach dem ersten Abtasten entwickelt. Und eigentlich war das ja auch der Fall. Ich begann zu grübeln, wie viel Max in mir steckte...

Mit Katja würde ich fürs Erste gut auskommen können. Den Schmerz, den ich über Annas Abfuhr verspürte, konnte ich nun in einem versteckten Ordner meines Herzens ablegen. Vorerst. Ich war plötzlich gespannt auf die Chance, neue Abenteuer zu erleben. Katja hatte es mir angetan. Mit ihr konnte ich mir so einiges vorstellen.

Es war erstaunlich, wie problemlos bisher alles verlaufen war: die komplexe Operation ohne Zwischenfälle, der Krankenhausaufenthalt nur mit leichten Wehwehchen, der Beginn meiner ‚Resozialisierung' mit zunächst sehr positiven Überraschungen. Ich überlegte, ob ich nicht als Zeichen der Dankbarkeit damit beginnen sollte, wieder richtig an Gott zu glauben. Verschämt faltete ich meine Hände unter der Decke und bat in Gedanken darum, dass alles so rosig weitergehen sollte. „Ich hole dich hier ab, wenn es soweit ist“, sagte sie und küsste mich hastig auf den Mund. Waren jetzt alle Schranken gefallen?

Plötzlich zog es sie aus dem Raum. Die Ruhe war verflogen. Als Katja ging, musste ich ihr auf den Po schauen. Anna hatte andere Qualitäten. Ich hatte einmal in einer Illustrierten das Porträt einer Frau gelesen, die Gesäß-Model war. Wenn in den Hollywood-Streifen ein Star leicht bekleidet das Schlafzimmer durchschritt, musste sie einspringen und ihre Pobacken vor die Linse halten. Eine Auserwählte für ganz besondere Anlässe. Dafür erhielt sie, so erinnerte ich mich anerkennend, sogar mehr Geld als ein im gleichen Film sein Leben riskierender Stuntman!

Ich wusste nicht, was für einen Job Katja hatte. Vermutlich war sie noch bei keinem Po-Casting entdeckt worden. Aber ich freute mich allmählich auf ein Zuhause.

11. Heimstätte

Der Psychotherapeut hatte einen Spiegel mitgebracht. Natürlich war es seltsam, hineinzugucken und mit meinen grauen Zellen etwas ganz anderes wahrzunehmen, als ich es gewohnt war. Der Spiegel erhielt für mich eine neue Bedeutung.

Aber auch früher konnte ich mein Aussehen verändern. Als wir so mit siebzehn unsere wilden Samstagabendpartys hatten und den Hahn fast immer zu weit aufdrehten, wenn ich nur von acht bis zehn schlafen konnte, weil ich dann – drei Stunden zu spät – mit dem Austragen der Sonntagszeitung meine Kneipenausgaben refinanzieren musste, dann sah ich um eins nach erledigter Arbeit vollkommen anders aus: Große Augen klafften aus tiefen Höhlen, die Wangen waren eingefallen und bleich, die Stirn runzelig und die Ohren rot; die sonst etwas lockigen Haare backten klebrig glänzend an der Haut.

An diesen Tagen flüchtete ich immer zu Tante Gertrud, die nur zwölf Jahre älter war, ähnliche Partyerfahrungen hatte, sehr gut aussah sowie jüngere Männer ‚mochte' und – was besonders wichtig war – auf die lästigen Klagegesänge ihrer großen Schwester, meiner Mutter, verzichtete. Moralische Scheinwelten waren damals für einen Jungen wie mich das Schlimmste.

Diesmal gab es keinen Zufluchtsort. Aber mein Aussehen wirkte auch nicht so vergänglich wie damals – ganz im Gegenteil –, und ich hatte genug Zeit gehabt, mich an den Gedanken zu gewöhnen. Etwas hässlich war nur die lange, noch nicht verheilte Naht an der Schädeldecke. Sie war zu sehen, wenn ich den Verband hochkrempelte. Frankenstein ließ grüßen.

Die Konfrontation mit den Fotos hatte mich gut vorbereitet; ich bekam keinen Nervenzusammenbruch, sondern musste herzhaft lachen. Der Professor war ebenfalls guter Laune, wollte in der kommenden Woche an die Presse gehen und entließ mich in die Freiheit. Katja stand im Flur und schloss mich in die Arme. Als wir uns in Bewegung setzten, erblickte ich in der Eingangshalle zwei Jungen, die etwa zwölf Jahre alt sein mochten und mit ihren Händen Fettspuren auf einem Aquarium hinterließen. Das waren meine Söhne. Auch sie umarmte ich. Die beiden freuten sich, als ob sie gerade ein Tor geschossen hatten. Aber sie sagten nichts. Wie es sich für eineiige Zwillinge gehört, glichen sie sich wie ein Ei dem anderen. Ich bekam Angst, dass sie von mir erwarteten, sie unterscheiden zu können.

In einem winzigen Suzuki-Kleinbus fuhren wir endlich weg von diesem Krankenhausmonster, das mit seinen beiden gigantischen Seitenflügeln die Patienten zum Hauptportal zu kehren schien, um sie dort einzusaugen und erst nach der Anrechnung möglichst vieler Pflegesätze wieder auszuspucken. Wir wohnten offensichtlich in einem Vorort. Jedenfalls fuhren wir ein kurzes Stück vom Stadtzentrum weg, eine lange Eichen-Allee entlang, um dann in ein Neubaugebiet zu schwenken.

Im Auto wurde nicht gesprochen, bis ich die beiden Jungen nach ihren Namen fragte. „Mach' doch keine Witze!“, sagte der eine, worauf mir Katja erklärte, dass der mit dem etwas fülligeren Gesicht Hendrik heiße, während der andere Pelle gerufen werde, eigentlich aber auf Per getauft worden sei. Bei einem Blick in den Rückspiegel konnte ich keinen Unterschied zwischen meinen Söhnen feststellen. „Du bist Pelle!“, versuchte ich und landete einen Volltreffer.

Beide grinsten verlegen, aber begeistert waren sie nicht gerade. Sie wollen ihren alten Papa wieder haben, dachte ich. Genauso wie vorher musste er sein, eine Anforderung, die ich sicherlich nicht erfüllen würde können.

Das Auto hielt vor einem Haus, das sich von denen der Nachbarn nicht im Geringsten unterschied. „Die Bausparkasse hatte ein Musterhaus. Alle wollten billig bauen", erklärte Katja. „Die Inneneinrichtung ist aber individuell?", fragte ich skeptisch zurück. Sie musste lachen.

Im Haus verkrümelten sich die Zwillinge schnell. Nach all der anfänglichen Euphorie kam der erste Dämpfer: Die Ausstattung der Räume entsprach überhaupt nicht meinem Geschmack. Ich musste an Wissoll denken. Überall hingen kleine Regale, die mit allem möglichen Plunder vollgestellt waren, Urkunden vom Schwimmverein baumelten an der Wand, verloren in einem Meer aus Textiltapete, die Decke war standesgemäß vertäfelt, das Holz hatte sich bereits gelblich verfärbt. Wo ist der Partykeller mit Theke, Dartscheibe und Weinfass-Imitationen, fragte ich mich.

Das Wohnzimmer hatte aber auch seine schönen Seiten: Ein kleiner gusseiserner Kaminofen stand da, und zum Garten hin lag eine große Fensterfront. Draußen fing es an zu nieseln. „Ich mach' das Essen klar! Wenn du willst, kannst du ja schon mal den Kamin anschmeißen", hörte ich aus der Küche. „Wie geht das?", fragte ich zurück, und sie antwortete schlicht: „Überleg mal!" Also knüllte ich etwas Papier zusammen, legte Holz, das schon bereitlag, darauf und zündete die Komposition an.

Hendrik – ich glaube, dass er es war – schaute mir dabei zu. Leider stiegen die schwarzen Rauchschwaden unter die Zimmerdecke. Der Eigenheimgeruch mischte sich mit verkohltem Mief. Plötzlich schreckte uns ein entsetzliches Geräusch hoch. Es war ein ohrenbetäubend schrilles Piepen, das alle zusammenzucken ließ. Der Rauchmelder hatte Alarm geschlagen.

Katja kam in das Wohnzimmer gestürmt und holte mit Hilfe eines Stuhles das Gerät von der Decke. Einen Knopf gab es daran nicht. Sie musste erst die Blockbatterie entfernen, um uns von dem erschütternden Lärm zu befreien. Hustend und leicht gereizt erklärte sie mir, dass man beim Anfeuern die Rauchabzugsklappe am Ofenrohr öffnen musste.

Hendrik lachte mich aus und meinte, dass ich das früher immer besserwisserisch „der Mama" erklärt hätte. Allerdings sei ich dabei saurer gewesen, als sie es jetzt war. „Entschuldigung!", sagte ich verlegen, und Katja entgegnete: „Du bist süß!" Als ich daraufhin wissen wollte, wo die Toilette zu finden war, nahm mich Hendrik an die Hand und meinte, dass es noch lustig mit mir werden würde. Damit sollte er nur bedingt Recht behalten.

Vor dem Essen wurde gebetet. An der Stirnseite saß ich, der Familienpatriarch, rechts von mir meine Anvertraute, links die Jungen. Das Essen gab mir einen Vorgeschmack darauf, was in einer deutschen Familie wie der unsrigen in Zukunft an besonderen Tagen gereicht werden würde: Eine solche Jägersoße war mir seit Verlassen meines Elternhauses nicht mehr aufgetischt worden. Erst in der Klinik hatte ich sie neu kennen gelernt. Ich fragte nicht, woher das Rindfleisch kam. Max hatte hier schließlich auch immer alles gegessen, was auf den Tisch kam. Die Altlasten in seinem Körper hatte ich mit der Operation stillschweigend mit übernommen.

Dann legten wir uns vor den Kamin und spielten Kniffel. Dass wir uns auf den Teppich fläzten, nahm mir die Angst, alles in diesem Haushalt könnte auf festgefahrenen, leicht spießigen Mustern basieren. Ich schluckte herunter, dass ich Gesellschaftsspiele nicht ausstehen konnte. Eigentlich machte es an diesem Tag sogar Spaß. Hendrik und Pelle legten ihren Argwohn ab, und Letzterer legte sich sogar auf meinen Rücken.

Bald war Zubettgehzeit und die beiden kamen nach dem Zähneputzen noch einmal in die gute Stube. Sie hatten den gleichen Schlafanzug an, rot-schwarz gestreift, zögerten erst kurz und – nachdem ich sie nett dazu aufgefordert hatte – drückten mir dann je einen Kuss auf die Wange. Es waren Kinderküsse, die sich deutlich von denen einer Frau unterschieden; eine für mich völlig neue Erfahrung. Alles ging ganz schnell: Die Lippen wurden nach innen gerollt, so dass auch bloß kein ‚Funken' Feuchtigkeit den Besitzer wechseln konnte. Dann liefen sie davon, Katja und ich hatten das Feuer für uns.

Das war nun der Moment, große Worte zu wechseln. Es gab so viel Grundlegendes, das zwischen uns zu klären war. Ich konnte keinen Anfang machen. „Was machen wir morgen?", fragte ich. „Nichts – ", antwortete sie, „spazieren gehen." Dann war es wieder still. „Was machen wir heut' Abend?" fragte sie nach einer Weile. „Nichts – ", antwortete ich, „schlafen gehen?". Katja stand auf, ging an die Vitrine und holte ein dickes Fotoalbum hervor. Einige Bilder hatten sich schon gelöst und schauten am Rand etwas heraus.

An diesem, unserem ersten Abend zeigte sie mir die Szenen ihres Lebens: Wie sie als rundes, pausbäckiges Baby auf dem Wickeltisch lag, wie sie als neunjähriges Mädchen nackig am Strand einem vom Wind getriebenen Wasserball hinterher jagte, wie sie mit dreizehn auf einer Geburtstagsfeier sich die Fingernägel schwarz lackiert hatte und die Lippen rosa, wie sie mit fünfzehn von ihrer ersten großen Liebe durch die Luft gewirbelt wurde, wie ihre Familie sich am Tag der Entlassung von der Realschule für den Fotografen in Reih und Glied aufgestellt hatte, sie in einem nüchtern grauen Hosenrock, wie ihr zweiter Freund – und das war Max – wenig später von ihr Aktfotos gemacht hatte...; aber nein, „die darfst du nicht sehen", sagte sie verschämt und drehte das Album ein Stück zu ihrer Seite.

Die Art allerdings, wie sie die Seite aufgeschlagen, einen Moment verharrt und dann erst gespielt hektisch weitergeblättert hatte, ließ mir genug Zeit, sie in den unterschiedlichen Posen zu bestaunen. Genauso hatte sie das sicher auch geplant. Egal, in welcher Pose sie sich – beachtlicherweise vollkommen ungeniert – präsentierte, die Proportionen stimmten, ohne aufdringlich zu sein, die Form blieb gewahrt und zog in den Bann. Max hatte nur abdrücken müssen. Ob das heute immer noch so war?

Natürlich gab es auch jede Menge Urlaubsbilder mit mir, oder besser gesagt mit Max. Zusammen mit den Jungs waren sie mehrmals in Kroatien gewesen. Die beiden schienen ein glückliches Paar gewesen zu sein, aber ich war mir der möglichen Täuschung bewusst. Wer drückt schon auf den Auslöser, wenn man sich gegenseitig in den Haaren zieht?

Mir die Bilder gleich am ersten Abend zu zeigen, war ein geschickter Schachzug von Katja. Sie konnte mir so am eindrucksvollsten veranschaulichen, in welcher Rolle sie mich gerne sehen wollte. Dabei hätte sie doch nur zu sagen brauchen, dass sie von mir gerne das ‚Standardmodell Familienvater' gespielt haben wollte. Die Fotos waren so oder so ähnlich in unzähligen Familienalben einzusehen. Immer waren es die gleichen Kulissen und Szenen, das Liebespaar im südländischen Restaurant beim Muschelessen, im Vordergrund eine Kerze, im Hintergrund der Kellner, vielleicht noch ein uriges Kellergewölbe.

Dazu die Videoaufnahmen: Hunderttausendmal der Schiefe Turm von Pisa kurz vorm Umkippen, Venedig kurz vorm Versinken. Eine Stunde dauert der Urlaubsfilm; mit der neuen Technik ist der Zwang, sich kurz zu fassen, verflogen – gähnende Langeweile in den deutschen Puschenkinos bei Vorführungen für den Freundeskreis.

Reichte es einst noch, Runen in einen Stein zu ritzen, mussten nun Abzüge und Mitschnitte die Erinnerung an Menschen wach halten. Aber was blieb wirklich? Wer wollte in den nächsten Generationen unsere Bilder noch sehen? Schmissen die Erben nicht die multimedialen Zeugnisse bei Sichtung des Nachlasses in irgendwelche Container? Wer denkt in zwei Jahren noch an Philip Stein? Meine Gedanken schweiften ab. Eine große Leere machte sich in mir breit: „Warum wolltest du immer zu den besten gehören?“, fragte ich mich vorwurfsvoll. Selbst wenn eine meiner Forschungsarbeiten nach meinem Tod noch einmal zitiert werden sollte, mich persönlich würde bald keiner mehr kennen.

Ruhm, das wurde mir schlagartig klar, bestätigte nur die gegenwärtige Eitelkeit. Hatten es doch all jene richtig gemacht, die stets nur soviel arbeiten wollten wie nötig? Warum hatte ich meine Hängematte so selten aufgespannt? Der Ehrgeiz hatte blind gemacht. Ich stand vor den Trümmern meines ersten Lebens – und war gerade dabei, die Verpflichtungen des zweiten ohne Murren zu übernehmen.

„Hey", sagte Katja gekränkt und zwickte mich in die Seite, „dein Interesse ist ja recht bescheiden". Meine Augen, die abwesend in die Leere gestarrt hatten, stellten wieder scharf. „Na, wenn Du die spannendsten Bilder zensierst...", meldete ich mich mit einem Spruch zurück. „Aber jetzt bin ich wieder voll dabei", versprach ich mit schlechtem Gewissen. Langweilig war das Bilderbegucken mit Katja nämlich keineswegs; aber das lag nur daran, dass diese zweidimensionale Welt sehr viel mit mir zu tun hatte. Vor mir breitete sich ein großes Stück meiner Vergangenheit aus, das mir völlig unbekannt war.

Wir gingen ins Bett. Im Schlafzimmer hing eine Dalí-Kopie an der Wand. Auf den Nachttischchen standen kleine Lampen mit roten Schirmen. Ich hätte blaue gewählt. Oder weiße. Erleichtert stellte ich fest, dass alle Klamotten aus der männlichen Hälfte des Kleiderschranks mir zu passen schienen – erst beim Einschlafen kam ich darauf, wie selbstverständlich das doch war: Mein neues Chassis hatte sie einmal alle höchstpersönlich anprobiert.

Bei der Auswahl meiner Wäsche bin ich pflegeleicht. Ich würde, das sah ich auf den ersten Blick, mit Max' Repertoire gut leben können, auch wenn es nicht immer absolut meinem Geschmack entsprach. Seine Schlipse etwa würde ich zum Glück nicht tragen müssen, ebenso wenig wie meine alten Fliegen.

Auch die Schlafanzüge waren mir zu bunt. Ich suchte mir daher stattdessen bei der Unterwäsche eine etwas erotischere Pyjama-Kombination zusammen – schließlich stand eine Art Hochzeitsnacht bevor. Max bevorzugte die gleichen Unterhosen wie ich, eng anliegende Boxershorts, wie nannte man die doch gleich, waren es ‚Pants'? Ich fragte mich, was für eine Art Beziehung ich nun zu führen verdonnert war: Kaufte in diesem Haus ‚sie' seine Unterhosen, oder tat ‚er' es selbst? Anna hätte mir einen Vogel gezeigt, wenn sie nach schicken Männer-Slips hätte Ausschau halten sollen. Sie konnte sich schon in der Damenabteilung nie für etwas Ausgefallenes entscheiden und griff am Ende immer bei den Modellen ohne Extras zu.

Ich war mir sicher, dass ich mich in unserem Ehebett auf die richtige Seite gelegt hatte. Auf der anderen lag ‚Wie kommt das Salz ins Meer', und ich glaubte nicht, dass mein Körperspender Frauenbücher gelesen hatte.

Dann kam Katja herein. Das Schlafzimmer hatte einen eigenen Zugang zum Badezimmer. Sie hatte ein weißes, halblanges, leicht wehendes Nachtkleid aus Seide an und sah so zwar elegant aber auch ein wenig altbacken aus. Dann lagen wir nebeneinander, beide auf dem Rücken, und ich entdeckte den Spiegel unter der Decke. So etwas hatte ich mir schon oft vorgestellt, aber es nie anzusprechen gewagt. Ich konnte mir vorstellen, was Anna davon gehalten hätte. Hier hing nun also so ein Ding, und das machte mich teils neugierig, teils flößte es mir Angst ein.

Wahrscheinlich überlegten wir beide gerade, ob man sich denn nun so einfach dem anderen nähern durfte. „Kuschelst du gern?“, fragte sie mich. Ich begriff das als Aufforderung und kullerte mich zu ihr herüber, legte meinen Arm auf ihren Bauch und knurrte ihr meine Zustimmung ins Ohr. Wir spielten uns die Bälle wieder gegenseitig zu. Sie fühlte sich nun jedenfalls ihrerseits ermuntert und legte sich auf meinen Bauch, fing leicht an zu kreisen und küsste in kurzen Intervallen meinen Mund, seufzte leicht.

Vielleicht wäre bei dieser ersten erotischen Gegenüberstellung – ganz wie bei einem Duell – alles ganz schnell gegangen, doch plötzlich öffnete sich die Flurtür zum Badezimmer. Der Klodeckel wurde angehoben. So deutlich das zu hören war, waren auch wir dort zu hören. „Mach weiter, die kennen das schon!“, stöhnte Katja. Der Zwilling auf dem Klo pfiff leise die Marseillaise, wahrscheinlich um anzudeuten, dass er nicht lauschte; aber ich wusste selbst aus den Kindertagen, wie spannend es war, hinzuhören.

Katja schien dadurch fast noch mehr angefeuert zu werden; mein Beitrag dagegen reduzierte sich unaufhaltsam. Mit einer gewissen Enttäuschung, die ihr ins Gesicht geschrieben stand, versuchte sie noch etwas zu retten, vergebens. „Sorry“, sagte ich in einer Mischung aus Peinlichkeit und eigener Enttäuschung über das misslungene Comeback. „Das macht doch nichts“, sagte sie mit einem fast schon verzweifelten Lächeln. „Das musst du ja sagen“, schloss ich den kargen Wortwechsel. Es dauerte eine Weile, bis wir endlich schlafen konnten. Ich dachte an meine Studentenjahre: Wie unbeschwert hatten wir die Zeit verbracht... Hatten wir doch, oder?

10. Scheinwerfer

Um sieben Uhr dreißig mussten die Kinder in die Schule. Ich durfte noch liegen bleiben. Ich würde in der ersten Zeit nichts Konkretes zu tun haben, abgesehen von einigen Krankenhausbesuchen zur Nachuntersuchung. Katja arbeitete neuerdings vier Stunden täglich bei einem Schreibdienst. Das Frühstück hatte sie mir netterweise hingestellt. Es war eine recht einfache Zusammenstellung mit einer Käsesorte, einer Marmelade, Margarine und Brot. Trotzdem schmeckte es ausgezeichnet, schon allein, weil es nicht mehr ein Krankenhaustablett war, auf dem die Kost stand.

Ich machte einen Versuch, Fernsehen zu gucken, ließ mich aber von einer amerikanischen Serie mit eingespieltem Lachen gleich wieder verjagen. Dann begann ich, einen Brief an Anna zu schreiben. Am Ende wurde es nur eine Karte, in der ich sie grüßte und meine Adresse mitteilte. Ich brachte sie gleich zur Post, damit sie keiner entdecken und sich daran Gesprächsstoff entzünden konnte. Ich hatte auch vor, Gerd – meinem besten Freund – zu schreiben, aber ich verwarf das Vorhaben, weil er von nichts wusste, vielleicht noch in Afrika war und das Ganze sowieso zu kompliziert für einen Brief geworden wäre. Ich musste ihn beizeiten aufsuchen.

Katja kam nach Hause und wenig später auch die Kinder. Draußen schien die Sonne. Wir begaben uns auf einen Spaziergang. Das lange Schatten werfende Licht umhüllte die überwiegend noch kahlen Bäume und Büsche. Die Luft war frisch, meine Lunge saugte den Sauerstoff gierig auf, wollte ihn nicht wieder hergeben – ich hatte das Gefühl, meinen neuen Körper mit purer Lebensenergie zu betanken.

Am Rande eines Feldweges fand ich ein Hufeisen und schenkte es den Kindern. Katja freute sich, dass wir nun ganz viel ‚Glück in der Liebe' haben würden, und sie zwinkerte, als sie das sagte. Leicht und unbeschwerlich verliefen die folgenden Tage. Im Fernsehen lief die Eishockeyweltmeisterschaft. Mit den Zwillingen kam ich immer besser klar. Mittlerweile machte mir das Papaspielen richtig Spaß. Wenn sie zu frech wurden, sagte ich mir immer, dass ich sie ja nicht gezeugt hatte, und im Grunde wusste ich doch, dass sie schon die Brut meines Körpers waren. Zum ersten Mal in meinem Leben verspürte ich Vaterstolz.

An einige Bräuche, die den Haushaltsablauf betrafen, konnte ich mich nur schwer gewöhnen. Alles hatte sich ohne den Beitrag meines Dickkopfes eingeschliffen und war dementsprechend nicht immer nach meinem Geschmack. Fisch wurde mit zwei Gabeln gegessen, weil wir keine Fischmesser hatten, und die Kartoffeln durften nicht geschnitten werden.

Nach etwa einer Woche rief der Professor an, erkundigte sich nach meinem Wohlergehen und teilte uns mit, dass er nun an die Öffentlichkeit treten wolle. Ich erzählte ihm von meinen Kopfschmerzen, dass Aspirin zu einem ständigen Begleiter geworden war. „Das legt sich", sagte er noch einmal und bat mich, am nächsten Tag um zehn Uhr zur Pressekonferenz im Klinikum zu erscheinen.

Ich verstand nie, was Ranzig immer wieder zu dieser Hektik bewog. Warum sagte er erst einen Tag vorher Bescheid? Also teilte ich ihm mit, dass ich meine Ruhe haben wolle und nicht kommen werde. Zum ersten Mal hörte ich Ranzig richtig aufbrausen. Es ginge nicht, dass man sich nur die Rosinen im Leben herauspicke. „Ich habe Ihnen geholfen und jetzt erwarte ich von Ihnen, dass Sie mir morgen helfen“, sagte er barsch.

Am folgenden Vormittag machte ich mich auf den Weg in die Klinik. Es war herrlich, wie ich vor der Veranstaltung noch die vielen Menschen mit den Mikrofonen, Fotoapparaten und Fernsehkameras ohne weiteres passieren konnte. Der kleine Saal des Klinikums versprühte den Charme der frühen 80er Jahre, dezent geformte Kunststoff-Elemente in verschiedenen Brauntönen machten das Mobiliar aus.

Ranzig saß bereits bedeutungsvoll in der Mitte des Podestes. Ich sollte neben ihm Platz nehmen. Eine eigenwillige Kombination hatte der Professor für seinen großen Auftritt gewählt: Über seinen schwarzen Anzug hatte er den weißen Kittel geworfen, weder auf das Staatsmännische noch auf sein Insignium als Mediziner hatte er verzichten können. Ranzig wollte stets alles.

Erklärungen würde ich nicht abgeben müssen, wohl aber Fragen beantworten. Bei den Ausführungen Ranzigs ging an einigen Stellen ein Raunen durch die Journalistenriege. Die Medien selbst verliehen durch ihre geballte Präsenz, die Blitze, flimmernden Monitore und das Wetteifern der Frager der ‚Show' noch die letzte Brise Sensation.

Nach den Worten des Professors gab es vereinzelten Applaus, doch die Freundlichkeit der Horde täuschte. Gleich sollten sie anfangen zu kläffen. Erst kamen die Fragen zur Person des Professors, zu medizinischen Details und zu den Zukunftsplänen. Ich wurde nach meinen Eindrücken, Gefühlen und Problemen gefragt und antwortete, dass es mir im Großen und Ganzen gut gehe, ich aber zu weiter reichenden Folgen noch nicht Stellung beziehen könne. Ich selbst wählte die Floskeln, die mich im Fernsehen immer so gelangweilt hatten, wenn da wieder jemand ‚bekräftigte' oder ‚untermauerte'.

Der Name des Organspenders wurde – dem hartnäckigen Bohren der Schreiber zum Trotz – glücklicherweise nicht preisgegeben. Ich hatte gegenüber dem Professor darauf bestanden. Es wäre eine Gemeinheit gewesen, wenn meine Freunde über den Fernseher von meinem Schicksal erfahren hätten. Dann wurde es schließlich doch noch unangenehm. Die Ethik und Moral, die Grenzen der Medizin und die Rechtmäßigkeit der Operation waren angesprochen.

Ranzig hatte sich alles zurechtgelegt. Er wusste, dass er seine Freundlichkeit beibehalten musste und die Ruhe nicht verlieren durfte. Er fürchtete die Versuche des Zeitungsvolkes, ihn aufs Glatteis zu führen. Er räusperte sich, setzte seine Goldgestell-Brille diagonal ab – das sollte souverän und dynamisch wirken. Der Chefarzt hatte alle seine Pirouetten zuvor einstudiert. Entsprechend unbefriedigend und steril wirkten die Antworten.

Langsam wurde die Stimmung gespannter. „Die Rettung von Menschenleben macht nicht an ethischen Grenzen halt. Die Fortschritte der Medizin stehen im Dienst der Gesellschaft. Gesetze dürfen niemals dazu benutzt werden, Menschen zugrunde gehen zu lassen." Auf den ersten Blick konnte man ihn für den großen Menschenfreund halten, der er selbst sein wollte; aber eine gewisse Gruppe unter den Journalisten stellte andere Aspekte der Menschlichkeit in den Vordergrund, sah die Würde des Individuums berührt, und der Professor retournierte mit Sprüchlein, die mit dem Kern der Sache immer weniger zu tun hatten.

Endlich blickte Ranzig demonstrativ auf seine vergoldete Armbanduhr und bedauerte, dass er nun leider keine Zeit mehr habe, schnell noch Radiointerviews geben müsse. Immer wieder sollte er nun die gleichen Sätze vor unterschiedlichen Mikrofonen aufsagen.

Ich schlug ihm den Wunsch aus, noch weiter als Begaffungsobjekt an seiner Seite zu verweilen. Während die medialen Aufbereiter eifrig diskutierten, versuchte ich, klammheimlich den stickigen Saal zu verlassen – es musste scheitern. Ich wurde umzingelt. Nun sei der Professor ja weg, und ich könne auch über Komplikationen sprechen, sagte eine rothaarige, große, braun geschminkte Reporterin eines kleinen, jungen, dynamischen Fernsehteams. Sie hätte dem Kameramann auf den Kopf spucken können – und war dabei sicher noch um einiges leichter als dieser.

Als die rote Lampe neben der Linse aufleuchtete, ging sie leicht in die Knie. Was wäre gewesen, wenn sie mich vor dem Körpertausch interviewt hätte? Dann hätte sie mir fast zu Füßen fallen müssen, um auf Augenhöhe zu kommen. Auch wenn ich übertrieb, die Vorstellung amüsierte mich.

Ich gab den Reportern zu verstehen, dass ich bereits alles gesagt hätte und nun wieder Ruhe bräuchte. Natürlich fühlten sie sich abgewimmelt und ließen mich nicht durch. Ich drohte mit der Polizei und schaffte es schließlich mit massivem Ellenbogeneinsatz, an die frische Luft zu gelangen. Zum ersten Mal profitierte ich davon, nun ein paar PS mehr unter der Haube zu haben.

Den Nachhauseweg zu Fuß anzutreten, wäre zum Horrortrip geworden. Im schlaksigen Dauerlauf, immer wieder leicht stolpernd, rannte ich zum Taxistand und ließ mich nach Hause fahren. Leichtfertig nannte ich dem Fahrer meine Adresse, ohne ihn beim Aussteigen mit einem besonders hohen Trinkgeld um sein Schweigen zu bitten. Während der Fahrt dachte ich eher an anderes: Mir schossen mögliche Schlagzeilen für den nächsten Tag durch den Kopf, zum Beispiel „Mutant auf der Flucht."

Als ich vor unserem Haus ausstieg, wartete bereits ein Mann mit Mikro an der Gartenpforte und bat um ein Interview. Ich spuckte ihm ins Gesicht. Weil sich der Reporter noch weggedreht hatte, schlug die Ladung hinter seinem Ohr ein. Später würde ich für diese Entgleisung ein Bußgeld in Höhe von hundert Euro zahlen dürfen.

Ich stürmte ins Haus und schmiss mich aufs Sofa, fertig mit den Nerven und den Tränen nahe. Katja servierte mir einen heißen Kakao. Ich hasse Presserummel. Leute wie den Chefarzt, die es genossen, sich in der Menge zu aalen, konnte ich nicht verstehen. Die in der Flut an Talkshows exerzierte Spielerei mit Ansichten, Vorlieben, Erfahrungen und Sprichwörtern, der Zwang zum Sch(m)erz, die Unterhaltung der Unterhaltung wegen, all das widerte mich an. „Haha, so kochen Sie also ihren Kaffee. Das ist aber ungewöhnlich", säuselt Bio interessiert blinzelnd seinem Gast zu. „Ja, das habe ich von meinem ersten Freund mitbekommen, der nannte das Cowboy-Kaffee – einfach rein mit dem Pulver in den Becher und sich setzen lassen." Ein flehendes Lachen des prominenten Besuchs, der gerade Intimitäten preisgegeben hat. „Das ist aber ein Ding!", schmettert Bio und lacht so auffordernd, dass das Publikum gar nicht mehr anders kann. Was für ein Spaß. Bei den Boulevardblättern das Gleiche: Unsere Gesellschaft war, so wetterte ich gerne, zu einem Kessel Buntes geworden, so unbeschert.

Meine Gattin massierte mir den verspannten Rücken. Sie spürte meinen Zorn. Das Telefon klingelte. Sie nahm ab. „Das ist eine Frage das Honorars", sagte sie, „es müsste schon das Doppelte sein!" Ich fragte mich, ob sie nun auch private Schreibaufträge annahm. „Eine Stunde früher würde uns besser passen, sagen wir siebzehn Uhr..." Dann war das Gespräch zu Ende. „Was heißt ‚uns'?", fragte ich. „Wir haben ein Interview mit der Stargala um fünf", antwortete Katja und wurde rot. Offensichtlich hatte sie sich trotz ihres schlechten Gewissens dazu entschieden, gleich mit der Wahrheit herauszurücken.

„Sie zahlen gut", sagte sie, „und wir brauchen Geld". „Nie im Leben!", entgegnete ich laut, „diesen Zirkus mache ich nicht mit!" Dann wurde es still. Zum ersten Mal nach der Operation hatte ich die Beherrschung verloren. Meine Augen wurden glasig, plötzlich hatte ich genug von allem, eine Träne kullerte über meine Wange. Katja schien das Leid zu tun. Sie umarmte mich. Nach einer Weile sagte ich, dass ich nur meine Ruhe haben wolle und sie grundsätzlich keine Termine für mich machen dürfe. Sie verstand das, packte aber schließlich mit der miesen Finanzlage unseres Haushaltes aus.

Ich bin ein Mensch, der keine Schulden macht. Niemals wollte ich etwas in den Händen halten, das ich mit fremden Geld gekauft hatte. Schon in meinem Elternhaus war mir eingetrichtert worden, dass ‚man' keine Schulden macht. Aber mit der neuen Identität hatte ich einen ganz enormen Berg davon übernommen. Das Haus war fast vollständig auf Pump gebaut. Auch die Reisen zu diversen internationalen Schwimmwettkämpfen und Trainingslagern waren letztendlich von den Banken vorgestreckt worden. Max war lange Zeit nicht im Kader gewesen und hatte daher kaum Mittel aus der Sportförderung erhalten.

Nur der Suzuki war von Zuschüssen gekauft worden. Es war mir schon immer unbegreiflich gewesen, welchen Weg die Fördermittel im Sport nahmen. Meine Drachenfliegerclique hatte nie einen Cent bekommen, aber wir waren ja auch – obwohl im wahrsten Sinne des Wortes ‚Überflieger' – keine Wettkampfpiloten.

Ich war also nun unverschuldet hochverschuldet, ein Gedanke, mit dem ich mich kaum anfreunden konnte. Für ein paar Sekunden dachte ich daran, vor Gericht zu ziehen. Aber das war genau das, worauf die Medien warteten: die Komplikationen nach der Operation. Eine breite Öffentlichkeit und eine Prozessniederlage wären mir sicher gewesen. Außerdem konnte ich Katja in dieser Misere nicht alleine lassen. Mit dem Interview, so fürchtete ich, begann eine Art Versklavung. Die Sachzwänge riefen, vor denen meine Generation immer solche Angst gehabt hatte. Katja hatte eine wesentlich nüchternere Einstellung dazu. Ich war eben trotz meines neuen Umfeldes ein Moralist geblieben.

Ich sagte wenig gegenüber der Reporterin, die versuchte, eine vertrauliche Atmosphäre zu entwickeln. Sie wusste, wie den Leuten ein unbedachtes Wort zu entlocken war. Tief in die Augen blickte sie mir, fast schon stechend. Ein Zopf hielt die langen, dunkelblonden Haare zurück und ihr so wichtiges Blickfeld frei – sofort hatte sie die Lufthoheit, immer nur Bruchteile von Sekunden hielt ich ihren Blicksalven stand, dann wendeten sich meine Augen wieder schnell dem Teppich zu.

Die attraktive Journalistin war gute dreißig Jahre alt. Sie trug eine enge, schwarze Jeans und ein strammes Top, das ihre Brüste flach auf den Oberkörper drückte. Das leger darüber getragene Sakko sorgte für die noch erforderliche Portion Seriosität. „Sie haben ihr glückliches Leben eigentlich nur den Medizinern zu verdanken, Sie werben jetzt sicherlich in Zukunft für Hirntransplantationen!", sagte sie fast beiläufig.

Leider biss ich an, entgegnete gleich, dass es so rosig nun ja auch wieder nicht gelaufen sei, dass ich etwa schlecht riechen könne und immer leichte Kopfschmerzen habe, dass es zu Verwechslungen im Alltag komme und ich sowieso für überhaupt niemanden Werbung machen werde und erst recht nicht für ihr „komisches Käseblatt".

Sie war ein Profi, wurde keineswegs sauer und tat so, als habe sie von meinem Ausbruch überhaupt nicht Notiz genommen, der Kugelschreiber ruhte in ihrer Hand, ihre Mimik verriet nicht im Geringsten, dass sie gerade das Zitat aufgeschnappt hatte, nach dem sie gebohrt hatte, dass sie hinter der unberührten Fassade bereits ihre Schlagzeile komponierte.

In der Ausgabe der Stargala, in der meine Story zur Titelgeschichte gekürt wurde, war mein Ausspruch über die Komplikationen der Operation in großen Lettern hervorgehoben, gekürzt nur um den Nebensatz über das Käseblatt. Die journalistische Psychoanalytikerin fand in ihrem Kommentar auch gleich alle Erklärungen für mein Seelenweh: Sie hatte mit einem Vertreter des unerschöpflichen Expertenheeres gesprochen, verwies auf weitgehende Störungen der Körperfunktionen sowie des Selbstbewusstseins und bezeichnete mich als „neurotisch hypochondrisch depressiv".

Empört rief ich in der Redaktion an, aber die wieselige Reporterin war schon wieder auf Recherche. Der Praktikant am Telefon verriet mir nur eine Weisheit, welche die Journalistin ihm schon in seinen Praktikumsbericht diktiert hatte: „Sauber fragen, dreckig schreiben!" – zweifelsfrei ein Erfolgsrezept.

Meine Befürchtungen hatten sich bestätigt: Die kurze Unterredung der Redakteurin mit Katja, während ich auf Toilette gegangen war, hätte ich gleich unterbinden sollen. In dem „Gespräch unter Frauen" war „ganz unter uns" erörtert worden, wie das Leben mit einem so komischen Mann denn nun war. Für meinen Geschmack hatte Katja viel zu viel erzählt. Beinahe – wenn ich nicht gerade zurückgekommen wäre – wäre Katja auch noch mein alter Name über die Lippen gerutscht. Ich musste schreien, um sie rechtzeitig zu bremsen.

Wenigstens kam für das Interview eine ganze Menge Geld auf unser Konto – ein Drittel der Schulden. Dafür hatten wir uns aber auch zur Genüge prostituiert. Das Foto auf der Titelseite der Stargala hätte nicht schrecklicher sein können: In meinem unnatürlich geröteten Gesicht wurden Pickel sichtbar, die ich nie gehabt hatte. Ich erinnerte mich an eine andere journalistische Weisheit, die mir einmal in Zusammenhang mit dem Berliner Medienrummel zu Ohren gekommen war: „Ein guter Journalist hat keine Freunde." Es stimmte, denn sonst hätte diese Frau anders über mich berichtet.

Doch bevor ihre Tiraden überhaupt erschienen, hatten uns auch viele andere Kollegen das Leben schwer gemacht: Schon am Abend nach dem Interview und auch am nächsten Tag standen noch Kameraleute und Satellitenwagen vor der Tür.

In den Nachrichten verfolgten wir das grauenhafte Szenario. Obwohl in der Tagesschau der Versuch unternommen wurde, objektiv über alles zu berichten, war es mir so unangenehm, dass ich mir eine Decke über den Kopf ziehen musste. Wie gut, dass sie nicht mein sondern Max' Antlitz im Fernsehen beglotzen, tröstete ich mich – logisches Denken war bei mir zu dieser Zeit nicht mehr selbstverständlich... „Schwer gezeichnet von den Folgen der komplizierten Operation schottet sich der zusammengesetzte Patient von der

Außenwelt ab", berichtete ein lässig an unseren Gartenzaun gelehnter Kommentator live.

Und natürlich, wie könnte es anders sein: Schließlich fiel auch fast unbemerkt bei einigen Nischensendern, die hofften, wenigstens so noch auf ein bisschen Einschaltquote zu kommen, der Name „Philip Stein".

Katja und ich, wir hatten jetzt genug: Der Stecker des Fernsehers wurde gezogen, mit keiner Talkshow wollten wir uns mehr quälen und erst recht in keine gehen, trotz der vielen Einladungen.

An diesem Abend witzelten wir mit den Jungs über die Sensationsonkels, die dort draußen in der abendlichen Frühlingskühle vergebens warteten, während wir es uns vorm Kamin gemütlich machen konnten. Katja ging manchmal zu den Gardinen im Schlafzimmer und wackelte etwas daran. Wir stellten uns dann vor, wie die Reporter hektisch aus ihren Autos sprangen, die Kameras anschmissen und per Handy ihrem Chefredakteur von dem unerhörten Ereignis Bericht erstatteten. Lafontaine hatte einst den wartenden Geiern Drinks auf einem Tablett serviert, doch wir blieben im Flammenschein sitzen.

Als Hendrik und Pelle im Bett waren, kam jedoch die Bitterkeit zurück. Der Rummel nahm mir jegliche Lebenslust. Die Kopfschmerzen wurden stärker. Wir entschlossen uns, die Zwillinge eine Woche nicht zur Schule zu schicken und uns am nächsten Tag in aller Frühe aufzumachen. Ich kannte einen Platz in Südschweden, wo wir unsere Ruhe haben würden. Im Gegensatz zu Anna war Katja offensichtlich sehr spontan. Das gefiel mir. Im Morgengrauen setzten wir die Segel.

9. Schweden

Pelle und Hendrik waren schwer wachzukriegen. Es war erst vier Uhr. Wir knipsten nur in den Zimmern, die zum Garten hin lagen, Licht an. Als der Motor aufbrummte, war kein Journalist zu sehen. In dem Übertragungswagen war es dunkel. Schnell brausten wir davon. Auf der Bundesstraße schien uns ein Auto zu verfolgen, aber schon nach zwei Dörfern bog es ab, und wir hatten die Straßen für uns allein.

Die Zwillinge fanden unseren unerwarteten Aufbruch spannend, waren aber auch etwas genervt, weil wir sie aus dem Schlaf gerissen hatten. Sie schliefen weiter. Auch ich nickte hin und wieder ein. Katja war eine sichere Fahrerin. Neben dem Lenkrad war eine Halterung montiert, in der ein riesiger Pott Kaffee jede Unebenheit in den Straßen gelassen auspendelte. An den Ampeln wurde nachgegossen. Katja nahm große Mengen des Aufputschmittels zu sich, der Bus war in Aromawolken gehüllt.

Irgendwann vormittags erreichten wir die Fähre nach Trelleborg. An Bord frühstückten wir. Uns gefiel die Idee, in Urlaub zu fahren, immer besser. Aus der Flucht wurde eine Chance, die immer noch etwas unverbindliche Familienbande enger zu schweißen. Wir hatten gute Laune.

Gegen Abend erreichten wir den angepeilten Bauernhof mit Pension. Als wir aus dem Wagen stiegen, schaute ich mich um. Hier hatte ich in meiner Studentenzeit einmal gegen Kost und Logis drei Monate lang auf dem Feld geholfen und dabei auch etwas Schwedisch gelernt. Ein paar Jahre hatten wir uns noch gegenseitig Karten geschickt, aber wie so oft war der Kontakt allmählich eingeschlafen.

Jetzt wäre der Moment gewesen, an dem wir unser Wiedersehen bei einem Tee in dem urigen Holzhaus hätten feiern können. Aber Bengt, der endlich die Tür öffnete, hatte keine Chance, mich wiederzuerkennen. Ich war ein Fremder geworden und wünschte mir meinen alten Körper zurück. Sie hätten uns in die gute Stube gebeten und wir hätten nett geplaudert. Auf dem Tisch hätte ein blaues Tuch gelegen, darauf eine Schale mit ‚Wienerbröd' platziert. Doch nun stand ich da als gewöhnlicher Deutscher in der Dämmerung und musste mich mit dem Hinweis zufrieden geben, dass der Nachbar ein Ferienhaus zu vermieten hatte. Wir dankten und nach einer halben Stunde hockten wir in einer gemütlichen Hütte am See.

Jetzt mussten wir zwar selber kochen, hatten dafür aber wirklich unsere Ruhe. Das Seehäuschen war klassisch schwedisch: die Holzfassade rot, die Fensterrahmen und die Tür weiß. Innen gab es nur einen großen Raum, der einer Kochnische, einer Sitzecke mit Kamin und den Betten Platz bot. Hier würde es gemütlich werden, auch wenn mir die Enge etwas Bauchschmerzen bereitete.

Katja und ich würden uns zusammenreißen müssen. Die Zwillinge sollten in dem Etagenbett schlafen und wir in dem nur einszwanzig breiten Doppelbett. Gekocht wurde auf einer Küchenhexe, was besonders Hendrik großen Spaß bereitete. Aber auch ich mochte diese Schweiß treibende Art zu brutzeln. Es galt nicht nur, einen Knopf umzudrehen; man kochte nicht nur nebenbei, sondern widmete sich voll und ganz dem Zubereitungszauber. Die Hitze, die das Essen erwärmte, stand einem mitten im Gesicht – sie war echter.

Wieder wurde mir mein neuer Körper zum Verhängnis: Das 1848 erbaute Haus war nicht auf Einmeterneunzig-Männer zugeschnitten, die Stehhöhe reichte gerade für Katja aus. Ich fühlte mich an alte Segelschiffe erinnert, ein Gedanke, der unseren Aufenthalt noch gemütlicher machte – wenn, ja wenn ich nicht bloß in meinem alten Hirn die alten Körpermaße verinnerlicht gehabt hätte. Meine Beulen-Kollektion brachte der sonst so schönen Tour kleine Schandflecke bei.

Auf Kaminatmosphäre hatten Katja und ich am ersten Abend keine Lust mehr. Also amüsierten sich die Jungs alleine am Spiel der Flammen, lasen sich dabei Gruselgeschichten vor. Wir hatten uns schon ins Bett gekuschelt und hörten die Erzählungen nur in Fetzen. Ansonsten waren wir mit uns beschäftigt. Katja fing unter der Decke wieder an zu zaubern, was mir auf Grund der Anwesenheit der Kinder erneut unangenehm war. Aber was hat ein Mann schon für Widerstandskräfte? „Ich zeig' dir, dass es auch ganz leise geht!", flüsterte sie und ich flüsterte zurück: „Lass es lieber!"

Aber vielleicht war es wirklich so, dass das Verbotene reizte, und so begann das Spiel. Nach unserer ersten Notlandung waren noch verschiedene Versuche gescheitert, und mittlerweile war es die Angst, wieder zu versagen, die mich versagen ließ. Katja tat danach immer so, als sei alles egal, aber das glaubte ich ihr nicht. Im Rückblick war ich es wohl selbst, der sich unter Druck setzte.

Ein bisschen kam ich mir dabei vor wie ein Entwicklungsland, dem jemand eine High-Tech-Rakete geschenkt hatte, doch niemand konnte die Gebrauchsanweisung in die Landessprache übersetzen und so konnte auch keiner die Flugbahn programmieren. Nun verrostete das Ding. Doch an diesem Abend sollte ausnahmsweise ein Start glücken. Katja lag wieder auf mir und alles ging so langsam, dass wir hätten platzen können: Kein Bett knarrte, keine Decke raschelte, keine Katja seufzte, nur unser Atem wurde schwerer.

Trotzdem konnte sich Pelle anschließend den Spruch nicht verkneifen, dass er und Hendrik beim nächsten Mal nicht nur zuhören sondern auch zuschauen wollten. Dann kicherten sie. „Das ist bei uns ganz normal!“, flüsterte Katja in mein Ohr, um mich zu beruhigen, und ich antwortete: „Ich weiß nicht.“ Katja grinste überlegen, und mein schlechtes Gewissen wurde langsam von der Genugtuung über das gerade Erlebte verdrängt. Ich dachte mir, dass Katja zwar nicht meine Traumfrau, wohl aber zu einer klaren Bereicherung für mein Leben geworden war. Die Sehnsucht nach Anna konnte sie leider trotzdem nicht verdrängen...

Der Schwedenurlaub war ansonsten so, wie es sich für Skandinavien gehört. Wir paddelten mit dem Ruderboot hinaus auf den großen, stillen See, entdeckten kleine romantische Inseln und tauften sie ‚Katjetjen', ‚Pelleponesien' und ‚Hendrikistan'. Es war ein sehr warmer Frühling.

An einem Abend sahen wir einen Elch vorbeischwimmen, was als besondere Attraktion gefeiert wurde. Nicht viel von dem mächtigen Tier ragte aus dem Wasser, das stolze Geweih und der halbe Kopf. Langsam und stetig, fast rucklos arbeitete der Elch sich vor, unbeirrt auf Pelleponesien zusteuernd. Wie würde das Tier wohl mit seinen dünnen Beinen und Hufen den voluminösen Körper voran bringen, fragten wir uns. Hat er auf der Insel ein Wochenend-Nest? Wie viele Urlauber waren aus dem Land der Elche nach Hause gekehrt, ohne einen echten gesehen zu haben? Wir waren froh.

Weil wir keine Dusche hatten, bauten wir für Katja eine ganz besondere. Die Idee dazu hatte Hendrik:

Auf dem Feuer wurde das Wasser warm gemacht, welches wir dann in eine Gießkanne kippten, die wir hoch in einen Baum zogen. Vorne an der Tülle hing ein zweites Seil, an dem Katja nur ziehen musste, um warm zu duschen. Die Jungs hatten aber – als kleine Überraschung – zum Auftakt auch zwei Eimer zur Hälfte mit kaltem Wasser gefüllt, mit denen sie ihre nackig vor ihnen her laufende Mutter jagten. Nicht der Elch, sondern Katja war zum gehetzten Wild geworden, das durch die Feldmark sprang. Ich hatte plötzlich eine Eingebung: Eigentlich müsstest du glücklich sein, das wurde mir einen Moment lang klar.

Die zweite Hälfte unseres Aufenthaltes regnete es fast durchgehend. Ich hatte es schwer, den anderen zu erklären, dass ich Regen liebte. Die Zwillinge langweilten sich, was erst zu Streit und dann zu wilden Kloppereien führte. Zum Abreagieren verordnete ich Holzhacken. Wir spielten viel – ich konnte damit leben. Zusammen mit Katja genoss ich die Gemütlichkeit, die mit auf ein Dach prasselnden Regentropfen verbunden ist.

Für ein paar Tage vergaß ich meine Kopfschmerzen. Ich spürte sie nur, wenn mich jemand danach fragte. Es fiel mir auf, dass Katja und ich uns nicht viel zu sagen hatten. Natürlich konnte ich nicht wissen, ob es mit Max vorher nicht genauso gewesen war. Wenn wir unter dem großen Schirm spazieren gingen, dann war das Schweigen wunderschön. Aber in unserer kleinen Hütte wurde es bisweilen auch bedrückend.

Unsere Beziehung wurde in erster Linie von körperlicher Zuneigung und rücksichtsvoller Sympathie getragen. Jetzt, da es am schönsten war, überkamen mich neue Zweifel. Ich hatte Angst, dass sich Katja mit allem zu sicher war, dass ich dieses Lebens müde werden und schließlich zu viele Scherben hinterlassen könnte. Die drei liebten mich offensichtlich über alles; aber ich wusste, dass jeder Urlaub ein Ende haben musste und dass die Prüfungen und Rätsel dann wieder dieselben sein würden wie zuvor.

Am letzten Abend vor unserer Heimkehr ging ich noch einmal hinaus und hörte die absolute Stille, hörte also genau genommen nichts. Ich genoss die skandinavische Lautlosigkeit, dieses Gefühl, das ich zu Hause im alten Deutschland immer wieder vermisste. Keine ferne Straße, kein Flugzeug, kein Lachen, kein Fest, keine kraspelnde Maus, kein bellender Hund, nichts. Ein Stück Unendlichkeit. Nach einer Weile hört man das Blut durch die Ohren strömen. Ein leichtes Rauschen kommt zurück. Dann ist es Zeit zu gehen.

8. Zeitgenossen

Als wir wieder vor unser Eigenheim rollten, hatten die Wachen ihre Posten verlassen. Eine Woche Warten war für ein gestresstes Journalistenleben dann wohl doch etwas zu viel verschenkte Zeit. Bestimmt hatte in den Blättern gestanden, dass wir den neuen Bedingungen nicht gewachsen und deshalb geflüchtet waren. Vielleicht hatten einige spekuliert, dass der Hirngeschädigte aus Verzweiflung seine Familie zerschnippelt haben könnte und sich nun ins Ausland abgesetzt hatte.

Inzwischen war auch mein Porträt erschienen, viele Befürchtungen waren wahr geworden, und doch stieg die umtriebige Reporterin wieder in meiner Gunst: Obwohl sie auf meinen alten Namen gestoßen sein musste, hatte sie ihn nicht abgedruckt – genauso wie alle anderen größeren Zeitschriften und Sender hatte sie um mein Vorleben einen Schleier gelegt. Meine Ansprüche waren inzwischen so gering geworden, dass ich angesichts dieser Geste große Dankbarkeit verspürte.

Ich rief den Professor an, bei dem ich mich eigentlich alle zwei Tage hatte melden sollen. „Warum haben Sie nichts von sich hören lassen?“ „Weil ich meine Ruhe haben wollte.“ „Ich nehme sie Ihnen doch nicht!“ „Ich fürchte doch.“ Keine Kritik konnte Ranzig auch nur im Geringsten aus der Ruhe bringen. Als habe er die mahnenden Worte einfach nicht gehört, leitete er unumwunden zum nächsten Thema über. „Es wird einen Prozess geben. Die Anklage wird gerade vorbereitet“, sagte er mit trauriger Stimme.

Es war klar: Wenn einer bemitleidet werden sollte, dann musste er es sein. „Es tut mir Leid“, antwortete ich teilnahmslos. „Das reicht nicht, ich baue auf Ihre

Unterstützung“, entgegnete er und seine Stimme wurde plötzlich schroffer, geradezu mahnend: „Wir müssen gut sein, dann gewinnen wir. Sie sind der Hauptzeuge. Wer in einem Prozess am besten redet, der zieht den Richter auf seine Seite.“

Ich konnte nichts dagegen tun; wenn Ranzig zu sprechen begann, wenn er bohrend auf mich einredete, drehte sich mir der Magen um. Seine unlässige Zielstrebigkeit mochte Erfolg versprechend sein, mich widerte sie schlichtweg an. Bisher hatte ich Lebensretter immer nur in Spielfilmen erlebt. „Ich hab' noch etwas gut bei dir“, sagen sie dann irgendwann, und der einst Gerettete muss aus Dankbarkeit für sie etwas Bedeutendes opfern. Jetzt hatte ‚ich' meinen Lebensretter an der Strippe, und am liebsten hätte ich statt großer Taten den Hörer auf die Gabel geschmissen. „Ich will meine Ruhe haben“, sagte ich endlich noch einmal, und: „Warum haben Sie meinen alten Namen an die Presse gegeben?“

Ranzig stutzte nur einen kleinen Moment, ließ sich dann aber doch nicht beirren: „Habe ich nicht“, lautete seine kurze Antwort, „aber kommen wir zurück zum Prozess...“. Er versicherte mir, dass sich alles noch schön lange hinziehen werde und mit dem Prozessauftakt frühestens in zwei Jahren zu rechnen sei. Über diesen Umstand freute sich Ranzig ganz besonders, denn er hatte viel vor. Ihn erwarteten Kongresse in den Staaten, Indien und Japan, Vorträge, Aufsätze für diverse Fachblätter, Porträts im Rundfunk, Talkshows und vielleicht sogar Preise – alles inklusive der entsprechenden Honorare.

„Ich möchte Sie gerne öfter mal mitnehmen“, sagte er mir bei jedem Gespräch, und ich antwortete immer mit dem gleichen Satz: „Ich will meine Ruhe haben." Dachte er wirklich, ich würde mich überall wie ein Gorilla begaffen lassen?

Doch auch, wenn er mich auf seinen Reisen nicht im Käfig dabei haben würde – Ranzig war sich sicher, dass er in der Zeit bis zum Prozess soviel Popularität würde anhäufen können, dass ihm kein Gericht der Welt mehr seinen Stand streitig machen konnte.

Mein Lebensretter hatte sich wieder in Rage geredet und ich brachte nur noch hin und wieder ein zögerliches ‚Ja' hervor. Ich goss mir einen Tee ein und dachte mich in eine andere Welt hinein, in ein Umfeld, in dem ich seine Überschätzungen genießen konnte. Ich stellte mir vor, dass der am anderen Ende ein Alleinunterhalter, ein Kabarettist war, der sich über aufstrebende, karrierebewusste Menschen amüsierte. So konnte ich den Professor besser ertragen. Er war durchsichtig wie eine Qualle.

Mir wurde einmal mehr klar, dass sich mein Retter niemals wirklich für mich interessiert hatte. Als ich in meinem Labor in die Welt der Kristalle eingetaucht war, mich meinen kniffligen Fragen gewidmet hatte, wurden auch die Menschen um mich herum zu Statisten. Auch ich war bestrebt gewesen, einen Durchbruch zu erzielen. Doch der Wahnwitz des Professors hatte mir Gott sei Dank gefehlt.

Wahrscheinlich hätte ich mich schon gerne für eine Entdeckung einmal ehren lassen, aber mehr auch nicht. Nie hätte ich mir ausgemalt, wie ich auf den Treppen des Stockholmer Rathauses stand, gerade den Nobelpreis erhalten hatte und nun einen imposanten Ball zu meinen Ehren erleben durfte. Wie die in lange Ballkleider gehüllten Frauen, die mich auf dieser Treppe passierten, achtvoll heraufschauten und bemüht waren, nicht ausgerechnet jetzt zu stolpern. Um Schlimmeres zu verhindern, hatte die Frau des Architekten einst verschiedene Testtreppen in langen Kleidern entlang schreiten müssen – so fand sich eine Stufenlänge, die die Schönheit und Anmut des weiblichen Schreitens besonders zur Geltung bringen sollte. Ich wäre ein unsicherer und ahnungsloser Preisträger geworden. Ranzig dagegen war ein Schwarzenegger, aufgeblasen und entschlossen, immer zu einer Pose bereit.

Ich müsse Sport machen, meinte Katja. Es sei sehr ungesund für einen Leistungssportler, plötzlich aufzuhören. Langsam müsse man sich wieder auf ein gesundes Maß ‚heruntertrainieren', sagte sie. Mir schoss die etwas unheimliche Frage durch den Kopf, was für ein übermäßig großes Schwimmerherz inzwischen in meinem Brustkorb schlagen könnte...

Am nächsten Tag würde abends ein Training sein. Ich war immer gerne ‚baden' gegangen, konnte allerdings nur brust- und rückenschwimmen. Wie war es doch stets verlaufen, wenn ich mit Gerd in die Sauna gegangen war? Sobald wir uns einmal ins Schwimmbecken gewagt hatten, hingen wir am Rand herum. Wir waren eben keine Bahnenzieher.

„Wer kommt denn so zu diesem Training?", fragte ich Katja. „Alle, die in der Liga mitschwimmen", antwortete sie. Ich merkte, wie ein Unbehagen bei dem Gedanken an das Leistungstraining in mir aufstieg. Ich hatte Angst. Wer garantierte mir, dass ich überhaupt noch einigermaßen schwimmen konnte? Wer bewahrte mich vor einer Blamage?

Um achtzehn Uhr gab es davor ein Training für die zweite Mannschaft. Auch Katja meinte, dass ich dort wohl vorerst besser aufgehoben sein würde. Max hatte in der Zeit vor der Operation auch nur noch da mitgemacht, weil er bei zu großen Anstrengungen starke Kopfschmerzen bekommen hatte. Mike trainierte die zweite Mannschaft, war selbst Athlet in der ersten und zudem Max' bester Freund. „Warum hat er dann nicht mal hier angerufen?“, wunderte ich mich. „Er traut sich nicht!“, antwortete meine Frau, „er traut sich nicht, hier anzurufen, weil er nicht weiß, mit wem er dann spricht.“

Ihr Satz blieb mir im Kopf stecken. Mehrmals sprach ich ihn innerlich nach. „Er weiß nicht, mit wem er spricht.“ Wusste ich denn selbst, wer dann mit ihm sprechen würde? Ich hatte es mir bisher schön einfach gemacht, denn insgeheim war klar: Ich war ganz Philip Stein, lediglich gehüllt in ein neues Gewand. Doch wenn das wirklich so war, warum sollten mich die Schwimmer dann schon anrufen, einen Fremden? Aber war es so?

„Mike hat mich immerhin bei der Arbeit erreicht und sich nach dir erkundigt“, riss mich Katja aus meinem Gedankensturm heraus. Mir wurde die Vorstellung, zu dem Training zu gehen, immer unangenehmer. „Was habt ihr den Schwimmern erzählt, warum Max verschwunden ist?“, wollte ich wissen. „Sie versuchen, den Tumor wegzuoperieren; das ist die offizielle Version“, antwortete Katja, „aber Mike weiß Bescheid.“ „...und durchs Fernsehen alle anderen auch!“, setzte ich ihren Satz fort.

Was beruhigend gemeint war, steigerte meine Angst. Wenn alle offiziell informiert worden wären, dann wäre nun auch klarer gewesen, was für ein Puzzle vor ihnen stehen würde. Ihren alten Kumpel hätten sie für tot erklärt und sich vielleicht auf ein neues Spiel eingelassen; doch durch die Geheimniskrämerei musste für die Schwimmer die ganze Angelegenheit unheimlich geworden sein.

Am Nachmittag ging ich joggen, um wenigstens etwas meine Gelenke zu schmieren, bevor mich der morgige Sprung ins kalte Wasser erwartete. Ich musste viele Pausen einlegen; es ging nicht so flüssig, wie ich es gerne gehabt hätte. An eine kräftige Eiche gelehnt verschnaufte ich. Der Schweiß vermischte sich mit Tränen. Gerne hätte ich ein verlässliches Rückrat gehabt, wäre so standhaft gewesen wie diese Eiche.

Es wurde tatsächlich ein Sprung ins kalte Wasser. Max' Badehose kam mir etwas zu knapp vor, aber vielleicht passte sie ja zu diesem Körper. Als ich in die Schwimmhalle kam, hatte man bereits für uns die Hälfte des Beckens abgesperrt. Einige zogen ihre Bahnen, machten sich warm. Einen Köpper traute ich mir nicht zu. Also benutzte ich die Badeleiter. Die anderen schielten zu mir herüber und sagten – verbunden mit einem kurzen Luftholer – schlicht „Hallo“. Bei dem Gruß ließen sie standesgemäß einen Finger aus dem Wasser ragen. „Hallo“, antwortete ich.

Tatsächlich hielt keiner an, um mit mir ein paar Worte zu wechseln. Aber vielleicht war das ja auch nicht üblich. Also begann ich, mich mit Brustschwimmen voranzuarbeiten. Plötzlich kam einer herein mit einer großen Sporttasche. Er hatte ein plattes Gesicht, kurzes, lockiges, blondes Haar und trug eine Nickelbrille. Nach Katjas Beschreibungen musste das Mike sein. Seine Figur war ähnlich bullig wie meine, sein schmales Becken brachte die muskulösen Beine erst richtig zur Geltung. Wir waren eben Schwimmer.

Ich fühlte mich verpflichtet, nun ein paar Züge vorzukraulen. Wie in der guten alten Zeit schaffte ich nur etwa eine Bahn. Dann verließen mich die Kräfte. Wie war das doch mit dem Luftholen – bei jedem dritten Schlag, damit der Körper nicht immer zur gleichen Seite verzogen wird? Ich kriegte es nicht hin. In der kurzen Zeit des Auftauchens schaffte ich es nicht, genug Sauerstoff einzuatmen, weil ich unter Wasser offensichtlich noch nicht alles ausgepustet hatte.

Hoffentlich hatten mich nicht so viele beobachtet. Gewiss hatte meine unkoordinierte Atemtechnik, so fürchtete ich zunächst, an den Schwimmstil von Hunden erinnert. Doch nach dem ersten Schreck und der Feststellung, dass keiner von mir Kenntnis nahm, fiel mir etwas viel Entscheidenderes auf: Meine Beinarbeit war ungewöhnlich flüssig, die Auf- und Abbewegungen kamen mir wie Flossenschläge vor – weil mir das früher immer nicht gelungen war, hatte ich bei meinen seltenen Kraulversuchen meist unkonventionell die Beingrätsche vom Brustschwimmen eingesetzt.

Ich erinnerte mich an meine Schulzeit, an den Biologieunterricht bei diesem hektisch bayrisch sprechenden Schnauzbart-Lehrer: Einmal war er vor der Klasse entlang marschiert wie ein alter Preuße. „Nicht alle unsere Bewegungen werden vom Gehirn gesteuert", hatte er dabei verkündet. Gerade unterbewusste Abläufe wie etwa die einzelnen Schritte beim Gehen würden vielmehr übers Rückenmark koordiniert.

Natürlich hatten wir bei seiner komischen Nummer alle gelacht, aber dass an seinen Worten etwas dran war, das merkte ich erst an diesem Tag, 15 Jahre später, im Schwimmbecken: Hätte ich mich mit meinen alten Fähigkeiten durchs Wasser kämpfen müssen, dann hätte ich meinen jetzt schwereren Körper kaum in Fahrt gebracht, vielleicht sogar Schiffbruch erlitten – aber durch den über Max' Rückenmark mit ererbten Kraulstil konnte ich den Luxusliner im Wasser doch voll ausfahren; zumindest wenn ich mir noch eine wettkampftaugliche Atemtechnik zulegen würde.

Ich krabbelte aus dem Becken und ging zu Mike. „Ich wollte heute mal wieder vorbeischauen", sagte ich. „Das ist gut so. Hast du danach noch Zeit?", fragte er zurück und schaute mir dabei mit seinen dunkelblauen Augen traurig ins Gesicht. „Gerne", antwortete ich freundlich. Dann forderte er mich auf, mich von den anderen nicht stören zu lassen und einfach in meinem Rhythmus zu schwimmen. Ich kraulte noch etwas, erfreute mich an meiner nach wie vor ungewohnten Eleganz; dann schwamm ich bis zum Ende des Trainings Rücken, ließ dabei die Arme im Wasser – meinen entspannsamen Tintenfischstil war ich früher am liebsten geschwommen.

Es war verrückt: Ohne mühsames Training nannte ich, dem vor der Operation noch so mancher gerne Schwimmflügel angelegt hätte, plötzlich einen Körper mein Eigen, mit dem ich bombastische Zeiten hätte schwimmen können. Mein Erstaunen konnte ich jedoch mit niemandem teilen; das bedrückende Schweigen setzte sich fort, als wir nach dem Training unter der Dusche standen. Ich konnte die Zurückhaltung meiner einstigen Sportsfreunde ein Stück weit verstehen: Da stand nun vor ihnen einer, der von Kopf bis Fuß genauso aussah wie ein alter Kumpel, mit dem sie viel rumgealbert hatten, aber sie erkannten ihn nicht wirklich.

Einer fragte mich schließlich beim Anziehen, wie es denn heute gelaufen sei. Ich war ihm dankbar für den Anlauf und versuchte, in möglichst lustiger Form vorzumachen, wie ich mich im Wasser gefühlt hatte. Er antwortete aber nur recht trocken, dass es sich dann ja jetzt wieder lohne, zu trainieren. War die Kühle meines Gesprächspartners wirklich nur Verunsicherung, oder war es vielleicht doch eine Folge der zum Teil beleidigenden Presseaufarbeitung? Oder noch schlimmer: War Max vielleicht ein ganz unangenehmer Zeitgenosse gewesen, einer, der mit seinen Leistungen prahlte und seine Konkurrenten verletzte? War er mit der Freundin eines anderen Schwimmers ins Bett gegangen, vielleicht gar mit der Angetrauten des Sportlers, der mir da gerade nackt unter der Dusche gegenüber gestanden hatte? So wie ich meinen Körperspender bei dem Spaziergang im Krankenhausgarten kennen gelernt hatte, konnte ich mir nicht vorstellen, dass er ein anstrengender Mensch gewesen war – aber was wusste ich schon?

Mir wurde immer klarer, dass es ein hartes Brot werden würde, mich in dieser Welt zurechtzufinden. Nicht nur ich hatte mich verändert, sondern ganz stark auch meine Umwelt und die Art, wie sie auf mich reagierte.

Draußen wartete Mike. Er hatte sich eine Zigarette angesteckt. „Ich habe damit angefangen, als du verschwunden bist“, sagte er und wieder strahlten seine Augen eine beklemmende Traurigkeit aus. Eigentlich hatte Mike jetzt selbst Training, „aber das kann auch mal ausfallen“, meinte er ganz untypisch für einen Leistungssportler, wie ich fand.

Wir gingen in die ‚Klause‘, die zum Schwimmbad gehörte. Die Einrichtung war auf Fischerpinte gemacht, und weil alle Utensilien so unecht und geschmacklos waren, fühlte ich mich sofort unwohl. Noch nie hatten die Fischernetze im Salzwasser gehangen, die Seekarten keinen einzigen Knitter abbekommen, dazu Stühle, die mit einem abwaschbaren, türkisgrünen Stoff überzogen waren. An der Theke saßen, umgeben von Leuchtturmmodellen aus Gips, bierbäuchige Männer, die schon lange kein Schwimmbad mehr von innen gesehen hatten, wahrscheinlich auch kein Wasser an sich.

„Es ist ein Kult, hier ein Bierchen zu trinken“, meinte Mike. Das Pils schmeckte tatsächlich. Durch die Scheiben konnte man nun die Stars der ersten

Mannschaft dabei beobachten, wie sie sich abmühten. Ich hatte mir schon manchmal beim Schulsport überlegt, ob es nicht demotivierend ist, im Kreis zu laufen. Schwimmen war aber im Grunde noch stupider; hier ging es immer nur hin und her. In den schwedischen Bädern schwammen die alten Damen mit ihren geblümten Badekappen im Kreis, die Richtung wurde vorgegeben.

„Ich hatte Angst davor, dich wieder zu sehen, weil du jetzt nicht mehr der Alte bist. Ich hatte Angst, dass du mein Bild von Max zerstörst“, machte Mike den Auftakt, und mich faszinierte und irritierte zugleich, dass er ein Mensch war, der mir in die Augen sehen konnte. Als ob er prüfen wollte, wer da vor ihm saß, als ob er versuchen wollte, durch meine Fassade hindurchzusehen. „Ich bin ein anderer, aber das kann ja auch gerade spannend sein“, antwortete ich.

Mike wendete seinen Blick ab, schien einen Augenblick seinen Mannschaftskollegen beim Training zuzusehen, aber ich war mir sicher, dass sich seine Gedanken auf eine ferne Reise begeben hatten. Ich nahm mir vor, der sich ausbreitenden Resignation keinen Raum zu lassen: „Wenn ein Freund für ein Jahr ins Ausland verschwindet, ist er hinterher genauso ein anderer. Ich habe solche Wiedersehen eigentlich immer genossen.“ „Aber manchmal merkst du auch, dass man nicht mehr zueinander passt“, meinte Mike nach einer kleinen Pause, in der er einen großen Schluck genommen hatte – als habe er sich Mut antrinken wollen.

Es zog sich wie ein Faden durch mein Leben: Immer wieder hatte ich das Gefühl, Menschen gegenüber zu sitzen, die Probleme nicht konstruktiv angingen, sondern sich vielmehr in sie hineinredeten. Und auch die Vorwürfe, die mir dann im Gegenzug gemacht wurden, ähnelten sich stets: Du machst es dir zu einfach, hieß es, man könne doch nicht immer nur einmal schnipsen und mit einfachen Rezepten das Weh der Welt verwehen. Warum schaute Mike nicht einfach nach vorne, versuchte zu erkunden, wer ich war? Ich riss uns wieder aus unseren Gedanken heraus: „Aber so ist es im ganzen Leben – dazu muss man nicht auf Zeit verschwinden. Man merkt immer wieder, dass man mit bestimmten Leuten nicht mehr gemeinsam hat als die Vergangenheit."

Die Unterhaltung schleppte sich dahin. Wir schauten beide auf die Wasserfläche. War es nicht eigenartig, dass wir so abstrakt begonnen hatten? Ich wusste noch immer nicht, was für ein Mensch er war. Die Kameraden machten Sprungtraining. Es galt offensichtlich, möglichst wenig Spritzer beim Eintauchen zu erzeugen und trotzdem sehr kraftvoll nach vorne zu stoßen. Sollte ich mich wirklich genauso durch den Alltag winden: Möglichst wenig aufwühlen aus der Vergangenheit, stattdessen unter der Oberfläche so weit wie möglich voranzukommen versuchen? Mir war klar, dass das nicht funktionieren würde: Die Zukunft hat eine lange Vergangenheit...

Mir saß ein Freund gegenüber, ein alter Freund. Aber was war er inzwischen wirklich? Ich hatte es früher oft in unseren endlosen Diskussionen gepredigt: Sicherheiten gibt es im Leben nicht, nur ihren Anschein. Keine Sekunde lang war alles unumstößlich. Die größte Liebe, die am Morgen noch in grellen Farben erstrahlte, konnte abends durch einen Partyabsturz ihr Ende finden, durch die Diagnose Krebs mit dunklen Wolken überzogen werden oder durch einen Verkehrsunfall verglühen, nur weil ein entgegenkommender Säufer die Fahrbahn verlassen hatte. Wie viele

Dichter hatten die Vergänglichkeit besungen! Ich hatte sie sogar am eigenen Leib gespürt.

Mike begann in Ermangelung eines Gesprächsstoffs, mir die Trainingsmethoden zu erläutern. Wir Männer können wohl wirklich nur über gewisse Themen länger sprechen, dachte ich. Identitätskrisen gehörten nicht dazu. Ich gaukelte ihm kein falsches Interesse für den Schwimmsport vor, begann stattdessen, endlich von mir zu erzählen. Es kostete mich Überwindung, denn ich fand eigentlich, dass man nur etwas von sich preisgeben sollte, wenn jemand danach fragte. Wie furchtbar sind doch die Leute, die andauernd nur von sich erzählen, ohne Interesse für die anderen zu zeigen.

An diesem Tag konnte ich aber verstehen, dass sich mein Gesprächspartner nicht traute, Fragen zu stellen. Er wollte keine Wunden aufreißen und konnte nicht wissen, dass genau das mir gut getan hätte. Ich erzählte einfach drauflos: von meiner Zeit vor der Operation, von meinen Wochen des Leidens, von Anna und meiner Liebe für sie, die ich immer noch in einer Ecke auch des neuen Herzens verborgen hatte, von der dummen Presse und dem karrieregeilen Klinikdirektor, von meiner Zuneigung zu Katja und meiner ungewohnten Rolle als Vater.

Es war das Beste, was ich tun konnte. Jede Minute, die ich versucht hätte, den alten Max zu spielen, wäre vertan gewesen. Erst wenn alles raus war, konnte Nähe entstehen, und ich brauchte jemanden, mit dem ich endlich offen reden konnte. Hätte ich Katja von meinen Gefühlen für Anna erzählen können? Vielleicht war ich nur zu feige, es zu versuchen.

Mike wurde mir immer sympathischer. Natürlich konnte er mir keine klugen Tipps geben. Es war für einen normalen Menschen wohl kaum möglich, sich in meine Lage zu versetzen. Aber es waren auch nicht in erster Linie Tipps, die ich haben wollte, als ich mich ausschüttete. Mike war ein guter Zuhörer. Man merkte, wie sich seine Ahnungen, den besten Freund verloren zu haben, relativierten. „Er ist weg“, sagte ich noch einmal. Mit dieser Gewissheit wollte ich Platz für Neues schaffen.

Endlich begann auch Mike, über sich zu erzählen. Die Krise, in der sich seine Ehe befand, machte ihm zu schaffen. Es war ihm zu eng in den gemeinsamen vier Wänden geworden. Jeder Versuch, sich frische Luft zu verschaffen, einmal wieder auf eigene Faust loszuziehen, wurde von seiner Frau als weitere Abwendung von ihr verstanden. „Das Modell Ehe ist nicht reformfähig“, sagte er und meinte wohl, dass sie beide es nicht waren.

„Es gibt doch eine klassische Lösung für dieses Problem, gerade wenn man dreißig ist“, sagte ich, „Kinderkriegen!“ Beide lachten wir und wussten doch, wie viel trügerische Wahrheit sich dahinter verbarg. Mike hatte kräftige Augenbrauen, die – obwohl sie recht hell waren – seine Gesichtsausdrücke jeweils verstärkten. Jetzt, nachdem das meiste Eis gebrochen zu sein schien, entfernten sie sich von den Augen, sein ganzes Wesen hellte auf. Plötzlich erkannte ich, dass Mike ein sehr gelassen-fröhlicher Mensch sein konnte. Bei weiteren Treffen mit ihm würde ich diese Seite näher kennen lernen, so hoffte ich.

Als wir auseinander gingen, war ich sehr zufrieden. Ich hatte einen Ankerplatz auf meiner Irrfahrt durch das Leben gefunden. Ich wusste zwar, dass ‚ein’ Ankerplatz nicht reichen würde, weil die Kette reißen und das Schiff auf die Klippe treiben konnte – aber es war ein Anfang.

Als ich nach Hause kam, schlief Katja schon. Ich legte mich zu ihr ins Bett und drückte meinen Po an ihren. Das war ein schönes Gefühl; es ließ mich schnell das Land der Träume erreichen.

Am nächsten Morgen wachten wir gleichzeitig auf. Katja duftete zauberhaft nach Vanille und aus irgendeinem Grund war ich mir sicher, dass es ihr echter, unverfälschter Duft war. Es war Samstag, und wir brauchten die Kinder nicht in die Schule zu schicken. Sie streckte sich und stöhnte dabei. „Du bist spät nach Hause gekommen“, sagte sie. Ich erzählte ihr von meinem eigenartigen Gespräch mit Mike, dass ich ihn aber mochte. Katja schaute mir daraufhin in die Augen, grinste dabei verschmitzt und sagte provozierend: „Ich habe ihn sogar mal mehr als sympathisch gefunden.“

So überlegen, wie sie mich ansah, hätte sie eigentlich eine Ohrfeige verdient. Das dachte ich zumindest im ersten Augenblick. „Aber das ist jetzt vorbei?“, fragte ich, ohne mir meine Verunsicherung weiter anmerken zu lassen. Mir fiel wieder ein, dass Mike sie bei der Arbeit angerufen hatte... „Ja, aber sympathisch finde ich ihn immer noch“, antwortete Katja. Damit konnte ich leben, wenn mir auch die Antwort nicht unbedingt Einblick in die tatsächlichen Verhältnisse geliefert hatte.

Ich lag dicht neben ihr und spürte erneut den Vanille-Duft auf, überlegte nun doch, ob eine Frau so gut riechen konnte oder ob mir meine Sinne wieder einen Streich spielten. Katja gehörte zu den Frauen, bei denen ich mir manches gar nicht vorstellen konnte – wie bei den Playmates auf den Hochglanzseiten, denen man den Besuch einer öden Toilette niemals zutrauen würde. Auch Katja hatte ich zum Teil in eine Scheinwelt gehüllt, viele alltägliche Seiten an ihr kannte ich gar nicht; aber dass es ihre ganz eigene Vanille-Note war, die ich da roch, darin war ich mir doch sicher.

Mich wunderte, dass ich mich mit Katja noch nie richtig gestritten hatte. Es hatte eben auch noch keine krassen Meinungsverschiedenheiten gegeben. Wenn es um die Erziehung der Jungen ging, hielt ich mich beispielsweise zurück, weil ich das Gefühl hatte, dass sie mehr Mutter als ich Vater war. Überhaupt war ich viel gefügiger geworden als früher. Ich hatte schließlich auch keine Entscheidungsspielräume mehr. Alles hatte sich schon eingeschliffen, und Katja war der Garant der alten Ordnung.

Mit Anna war das anders gewesen. Da waren die Fetzen geflogen. Meist hatte es sich anfangs nur um minimale Unstimmigkeiten gehandelt. Doch diese hatten zu Streitigkeiten geführt, in denen alles verbraten wurde, was einen in den letzten zwei Jahren an dem anderen einmal gestört hatte. Das waren furchtbare Gefechte, und es bedurfte langer Streicheleinheiten hinterher, um die unbedacht gefallenen Beleidigungen wieder gutzumachen. Andererseits hatten die Streitigkeiten aber auch immer etwas von einem Kassensturz, etwas Reinigendes. Wir wussten, was den anderen nervte und konnten uns früh genug darauf einstellen. Die Beziehung war auf einen aktuellen Stand gebracht; moderne Menschen würden von einem ‚Update' sprechen.

Anna war und ist eben eine kantigere Frau als Katja, nicht nur charakterlich. Ihre Wangenknochen sind deutlich sichtbar, geben ihr zusammen mit den sonst sehr feinen Zügen und den dunklen Augen eine leicht indianische Optik. Sie ist körperlich kein gängiges Model-Modell, aber ein provozierender Typ: Ihre Beine sind wohlgeformt muskulös, ebenso wie ihr an zwei Honigmelonen erinnernder Po. Ihr Körper gleicht am ehesten einer Eisschnellläuferin – vielleicht das Resultat ihrer Fitnessstudio-Exzesse, mit denen sie anfing, als sich der Krebs in mir eingenistet hatte. Nachdem sie sich zuvor jahrelang darüber lustig gemacht hatte, meldete sie sich eines Tages plötzlich aus einer Vorm-Spiegel-Steh-Laune heraus an, und zwar bei einem Frauen-Studio. Obwohl sie nicht gerne Fahrrad fuhr, setzte sie sich dort in schweißtreibenden Kursen auf eiserne Tretmaschinen und stählte ihren Körper – Spinning! Einmal, zu Beginn meiner Krankheit, begleitete ich sie an einem Sonntag, dem Partnertag, zu einer dieser Stunden und stellte angesichts meiner grenzenlosen Erschöpfung im Kreise Kette gebender Frauen die These vom schwachen Geschlecht in Frage.

Das harte Training hob Annas Konturen noch weiter hervor: Über ihrer äußerst schmalen Taille öffnet sich der glatte Rücken zu einem hohen Kreuz. Ihre Brüste sind nur sehr kleine aber um so festere Hügel, die sie gerne durch knallenge T-Shirts zur Schau stellt, denn nur so sind sie auszumachen. Zu alledem war es immer ihr langer Hals, der mich bezauberte. An ihm konnte ich am besten erkennen, wenn es Anna irgendwo gefiel – seicht wiegte er dann den Kopf zu den Seiten.

Anna war für mich angenehm natürlich, was auch immer das heißen mochte. Ich hatte mich in diese Frau schon mit fünfzehn verliebt, sie sich auch in mich, aber das wechselte. Mal waren wir zusammen, dann wieder nicht. Jedes Mal war es ein anderer Grund, aus dem sie sich von mir abwandte. Nur selten waren es andere Jungs. Es dieser Frau recht zu machen, erschien mir oft unmöglich. Die Phasen, in denen wir zusammen ‚gingen', waren die schönsten Monate meines Lebens. Dann war immer wieder Schluss und für mich folgte eine lange Depression. Was habe ich unter dieser Frau gelitten... Trotzdem sprang ich ihr immer wieder in die Arme, wenn sie mir dazu eine Gelegenheit bot.

Dabei gab es auch eine Menge Schwierigkeiten, wenn wir es zusammen versuchten. Ich glaube, sie war sich oft zu schade, für einen Mann Kompromisse einzugehen. Sie warf mir umgekehrt das Gleiche vor. Anna war eben eine kantige Frau, und vielleicht war eben das der Grund, warum ich das Interesse für sie nie verloren hatte.

Dass sie nun wieder mal nichts mehr von mir wissen wollte, passte zu ihr. Unsere Beziehung in eine gesellschaftlich anerkannte Form zu pressen, war nicht möglich. In den ersten Jahren war es oft so, dass wir uns regelmäßig trafen und auch zusammen schliefen, anderen gegenüber aber hartnäckig bestritten, dass wir ‚zusammen waren'. Die Freiheiten, die wir gerade durch die Abkehr von unseren Eltern gewonnen hatten, wollten wir nicht gleich an den erstbesten Liebhaber wieder abtreten. Wie ein Faden zog sich eine Frage durch unsere Beziehung: Zu was waren wir einander verpflichtet?

Annas Radikalität hatte sich erst in den letzten Jahren abgeschwächt. Wie viele Frauen, die auf die 35 zugingen, plötzlich an Kinder dachten und in ihrer Torschusspanik nun nicht mehr ganz so kritisch bei der Suche nach einem geeigneten Prinzen waren, schloss auch Anna eine langfristige Bindung zu einem Mann nicht mehr aus. Sie haderte, griff nicht wirklich zu, dabei stand ich doch stets Spalier. Dennoch: Ohne dass wir es merkten, hatten wir damit begonnen, gewisse Erwartungen an den anderen zu stellen. Gehörte die Treue dazu? Anna meinte: nein.

Irgendwann fragte ich sie, ob wir nicht heiraten wollten. Ich hielt das zwar selbst nicht für eine sinnvolle Sache, fand die Vorstellung aber außerordentlich witzig. Wir hätten unsere Freunde, die damals noch alle Heiratsfeinde waren, in großes Erstaunen versetzt. Und wir hätten die ganze Verwandtschaft mit einer unorthodoxen Feier entsetzt: Den Rathausplatz hätten wir mit unseren alten Fahrradgurken verlassen, als Büfett hätte es einen großen Topf Grießbrei gegeben und den Hochzeitstanz hätten wir mit ZZ-Top eröffnet. Anna fand meine Visionen auch lustig, aber ihr gingen die Konsequenzen des Scherzes zu weit; Freiheiten waren Anna heilig.

Vor zwei Jahren haben wir dann tatsächlich geheiratet: Mit unseren Freunden und einer gecharterten Segelyacht umrundeten wir Korsika. Der Törn war im besten Sinne des Wortes dekadent – wie in der Batida-de-Coco-Werbung grillte die Sonne unser Boot, auf dem Vorschiff posierten unsere Freundinnen, mal mit und mal ohne Oberteil. Träume wurden wahr. Wir Männer – mit coolen Sonnenbrillen aufgebrezelt – ließen an den Winschen unsere nicht immer sichtbaren Muskeln spielen, versuchten einen Kurs zu steuern, bei dem die Segel einen erholsamen Schatten auf unsere schon gebräunten Girlys warfen. Ab und zu servierten wir einen Drink.

Irgendwann fragte Gerd, der bei diesem Törn Skipper war, ob nicht jemand heiraten wollte. Auf See habe ein Kapitän das Recht, Trauungen vorzunehmen. Ohne länger zu zögern, erklärten Anna und ich uns bereit. In der Straße von Bonifacio, zwischen Korsika und Sardinien, gaben wir uns das Jawort. Gerd sprach den Segen. Für unsere Ringe bogen wir den Draht zurecht, der zuvor die Korken auf den Sektflaschen gehalten hatte, und nach einem zweiminütigen Kuss schmissen die anderen uns ins Wasser. Damit waren wir verheiratet. Bei der Feier tranken wir dann alle dermaßen viel, dass in unserer anschließenden Hochzeitsnacht wirklich nur die Wellen das Schiff zum Schaukeln brachten.

Nach dem Urlaub erzählte mir Anna, dass sie das Spiel nur mitgemacht hatte, weil sie wusste, dass eigentlich nur Berufskapitäne Trauungen durchführen durften. Anna musste es wissen. Sie studierte Jura. Ich war daraufhin ein paar Tage eingeschnappt, weil sie mich erst so spät aufgeklärt hatte. Doch allmählich wurde mir damals klar, dass ich wohl etwas naiv an die Sache herangegangen war.

Nach einer Woche brachte sie mir als Trost aus der Stadt unsere Eheringe mit. Ein Juwelier hatte den Korkendraht in haltbare Ringe verwandelt, die sogar edel aussahen. Für diese Geste liebe ich sie noch heute. Leider passte das Ding aber nach der Operation nicht mehr auf meine neuen Wurstfinger drauf. Schwimmerpranken müssen wohl kräftig sein, um im Wasser einen besseren Zug zu haben. Hoffentlich, so dachte ich, stand der nun zu kleine Ring nicht symbolhaft für das endgültige Aus meiner Beziehung zu Anna.

Ich wurde melancholisch und spielte mit dem Gedanken, sie am selben Tag noch aufzusuchen. Vielleicht war es eine Fügung des Schicksals, dass Katja mir direkt nach dieser Überlegung mitteilte, dass sie sich am Abend mit einer Freundin verabredet hatte.

Als sie weg war, machte ich mich auf den Weg in die Stadt. Aus der Haushaltskasse, die allein von Katja aufgefüllt wurde, hatte ich mir einen Fünfziger genommen. Unterwegs verließ mich der Mut, direkt bei Anna zu klingeln. Eigentlich hatte ‚ich' diese schöne Altbauwohnung gemietet; aber mich gab es offiziell nicht mehr, und so traute ich mich auch nicht, heimzukehren. Ich ging ins ‚Grog', die Kneipe, in der wir unzählige Abende herumgehangen hatten, in der wir das Bier, das wir zu Hause viel billiger hätten haben können, in Massen vertilgt hatten, der Schauplatz jugendlicher Hahnenkämpfe.

Auch mit den blauen Augen erfasste ich dieselbe schummrige Atmosphäre, die einst die braunen aufgegriffen hatten. Da alle Tische besetzt waren, setzte ich mich an die Theke. Keiner schien von mir Kenntnis zu nehmen. Mit den Schlagzeilen von gestern waren auch ihre Akteure schon wieder in Vergessenheit geraten. Ich fragte mich, warum nur alle Menschen sich immer wieder so hohe Ziele steckten, für die sie sich dann jahrelang abmühen mussten. Für ein paar Sekunden Anerkennung? Spätestens, wenn sie im Grabe landeten, gedachte schon bald keiner mehr ihrer. Und die wenigen, die Goethes und Bismarcks, an die man sich länger erinnerte, was hatten sie eigentlich davon?

Ich hatte mir selbst diese Frage immer wieder gestellt; was nur treibt mich an, wollte ich wissen. Ich hatte weiter geackert, ohne die Antwort auch nur zu erahnen. Meine Grundlagenforschung war spätestens seit der Operation in Allgemeingut übergegangen. Und selbst mein zweifelhafter Ruhm, den ich als erster hirntransplantierter Mensch erlangt hatte, war schon verblasst. Klagen konnte ich darüber aber an diesem Tag nicht. Ich war froh, dass mich im ‚Grog' keiner behelligte.

Ich hatte es dem gemeinen Volk aber auch etwas schwerer gemacht: Ich trug einen Dreitagebart, der nach Katjas Meinung entsetzlich aussah, mir aber recht gut gefiel. Nur bei Wettkämpfen hätte er wichtige Hundertstel gekostet, eine Befürchtung, die Max sicher stets zu akribischen Rasuren getrieben hatte. Von Mike hatte ich erfahren, dass Max sich regelmäßig an den Beinen rasiert hatte. Endlich verstand ich, warum ich nach der Operation so angenehm unbehaart gestartet war und mich dann über den zunehmenden Wildwuchs ärgern musste. Auch wenn ich keine Wettschwimmen mehr bestreiten würde, wollte ich die Haarinvasion mit Rasuren bekämpfen – aus ästhetischen Gesichtspunkten: Heute steht starke Behaarung schließlich nicht mehr für Männlichkeit, sondern für die entwicklungsgeschichtliche Nähe zu den Affen. Ich wollte mich dem Zeitgeist lieber fügen.

„Was darf's denn sein?“, fragte Gabi, die ich sofort wiedererkannte. Sie gehörte in diesem Schuppen zum Inventar. Gegen zwölf, eine Stunde vorm Dichtmachen, wurde sie richtig lustig. Dann hatte sie ihren Grundpegel erreicht. Jetzt, am frühen Abend, hingen an ihrer bröckelnden Gesichtsfassade die Tränensäcke wie Teebeutel herab. Der jahrelange Kneipendienst hatte seine Spuren hinterlassen und ließ sie vorzeitig altern. Ihr hätte ich die Kantine in einem Raumschiff, das mit Lichtgeschwindigkeit unterwegs ist, gegönnt. Nur so hätte sie sich noch gegen den schnellen Verfall stemmen können.

„Ein Pils“, sagte ich. Sie nickte. Als sie nach fünf Minuten die schaumige Ladung bei mir ablieferte, fragte ich sie, ob sie was von Anna gehört hatte. „Anna Leiswald?“, fragte sie. „Ja, genau die“, bestätigte ich freundlich. „Die war schon lange nicht mehr da“, lautete Gabis Antwort. Vielleicht würde sie heute kommen, hoffte ich. Ich nippte an meinem Bier und begann mit mir zu ringen: Gehst du gleich noch bei ihr vorbei? Was machst du, wenn da ein anderer sitzt?

Ein Stündchen hatte ich wohl schon im ‚Grog‘ gesessen, als Gerd hereinkam. Nach wie vor waren alle Tische besetzt, und er setzte sich direkt neben mich an die Theke. Dass er sich an die Theke setzte, war zwar selten, aber nicht ungewöhnlich – aber dass er sich ausgerechnet neben mich setzte... Mein Herz pochte in

Bollerschlägen. Diesen so ausgezeichneten Freund neben mir hocken zu haben, sich dabei aber fremd zu sein, löste in mir Beklemmung aus. Ich überlegte, was er nur über mein Schicksal hatte erfahren können. Bestimmt hatte er nach der Rückkehr von seiner langen Afrika-Fahrt bei uns zu Hause angerufen. Irgendetwas musste Anna ihm erzählt haben. Hatte er gar bei einem der vielen Berichte geschaltet, ahnte er, dass sein bester Freund der Hirnspender gewesen war?

„Grad' im Süden gewesen? Richtig braun im Gesicht", sprach ich ihn auf eine Art an, die zum Konversationsstil der Grog-Besucher passte und mir ersparte, ihn siezen zu müssen. „Ich war in Afrika", antwortete Gerd mürrisch. „Interessant!", versuchte ich nochmals, mehr aus ihm herauszulocken, aber es kam nichts. Offensichtlich wusste er nichts von der Hirntransplantation, denn sonst hätte er sicher die Statur Max Sommers auf dem Kieker gehabt, wäre nun langsam darauf gekommen, wer ihm da auf die Nerven ging.

„In Afrika war wohl gerade Sommer...", unternahm ich einen letzten Anlauf. Doch was lustig wirken sollte, klang für ihn nur gequält scherzhaft. Er wurde direkt: „Ich will mich jetzt nicht unterhalten. Es ist keine gute Zeit", sagte Gerd: „Ich habe zu viel verloren."

Dann saßen wir da. Gabi fragte, ob wir noch etwas trinken wollten, dabei waren unsere Gläser noch halb voll. Ich machte mir Vorwürfe. Wenn ich schon so vielen Leuten nichts von dieser schrecklichen Operation erzählt hatte, Gerd hätte ich unterrichten müssen. Auch wenn er in dieser Zeit durch Afrika gezogen war – es wäre meine Pflicht gewesen, zumindest zu organisieren, dass jemand ihn nach seiner Rückkehr taktvoll informierte. Warum hatte Anna meinen Fehler nicht ausgemerzt, hatte sie wieder mal eine Sache abgehakt und daraufhin alles Vergangene stehen und liegen gelassen, alles, eben auch Gerd?

Es waren vielleicht zwei Minuten nach seinem letzten Wort vergangen, da öffnete er doch noch einmal den Mund: „Morgen wird er beerdigt." Ein kurzer Satz, der mir das Blut in den Kopf schießen ließ. Von meiner eigenen Beerdigung so zu erfahren, versetzte mir einen schweren Schock. Was dachte sich dieser Professor Ranzig eigentlich? Er konnte mich doch nicht einfach beisetzen lassen, ohne mich darüber zu informieren! Und überhaupt: Von einer feierlichen Beerdigung war nie die Rede gewesen.

Wahrscheinlich war meine Unwissenheit wieder mal eine Idee des Psychotherapeuten, der um meine labilen Nerven besorgt war. Mein schlechtes Gewissen wurde immer stärker: Ein Tag stand bevor, an dem sich alle Menschen versammelten, die ich in Unwissenheit gehalten hatte – und keiner von ihnen hatte das verdient.

Für Bruchteile von Sekunden stand für mich fest, dass ich Gerd die ganze Geschichte erzählen würde: „Weißt du, wer hier neben dir sitzt?", fragte ich entschlossen. „Ein Quartalstrinker?", fragte Gerd postwendend zurück, vermutlich, weil er mich im Grog noch nie zuvor gesehen hatte. Seine Kühle machte mir Angst. Was würde passieren, wenn ich ihm jetzt das Schauermärchen auftischen würde? Wie würde er reagieren? Immer mehr Fragen drängten in mein Hirn, sie nisteten sich in mir ein, ließen mein schlechtes Gewissen immer größer werden, ich bekam Angst.

Plötzlich schreckte ich – Auge in Auge mit Gerd – vor den Folgen zurück. Wenn alle erfahren würden, wo ich eigentlich geblieben war, würde die Beerdigung zur Farce werden. Ich würde eine komplett andere

Rolle schultern müssen, die des verkappten Philip Steins – und zwar zusätzlich zu meiner bisherigen: bei Gerd und meinen Freunden, bei der Arbeit, in der Verwandtschaft. Für ein Einleben in zwei Leben, das wusste ich, würde ich zu schwach sein. An zwei vollkommen unterschiedlichen Erwartungswelten wäre ich zerbrochen, wo doch die eine schon zuviel wurde. Lieber unzufrieden an einem Pol als zwischen zweien zerrissen zu werden. Doch auch wenn alles nicht so kompliziert gewesen wäre – Gerd war einfach viel zu unzugänglich.

Vielleicht traf ich an diesem Abend die Fehlentscheidung meines Lebens. Keiner kann wissen, wie es weitergegangen wäre, wenn ich mich in diesen Minuten ausgeschüttet hätte. Gerd hätte mich ein bisschen bei der Hand nehmen können, dachte ich später. Unter seiner coolen Pelle steckte ein fürsorglicher Kern. „Ich bin der Schwimmer Max Sommer", antwortete ich schließlich.

Gerd blickte jedoch nur abfällig zu mir herüber, als wollte er sagen: „Du denkst wohl, du bist was Besseres?" Aber er schwieg. Nach vielleicht einer Minute ging er zur Toilette. Als er zurückkam, setzte er sich an das andere Ende der langen Theke. Jetzt wusste ich es sicher: Ich hatte eine große Chance verspielt. Nun saß er dort hinten und ich hätte so gerne mit ihm wieder verrückte Ideen entwickelt, ungewöhnliche Vorhaben geplant, Projekte angestoßen, denen wir in unserem Leben vielleicht nie wirklich nahe gekommen wären – aber wir hätten auf dem Weg ins Ungewisse viel erlebt. Wie schön konnte doch die Ungewissheit sein, solange man in sie hineinstürmte!

Als ich ging, wusste ich nicht mehr, was eigentlich passiert war. Erst Tage danach kam die Erinnerung zurück. Mit den Füßen stampfte ich vor Wut und Enttäuschung hart auf die Gehwegplatten. Es gelang mir, einen Mülleimer aus der Verankerung zu treten. Aus meinen Augen quollen Tränen. Ich schluchzte laut vor Verzweiflung. Ich hatte das Gefühl, meinen besten Freund verloren zu haben.

Am nächsten Morgen sollte meine Beerdigung sein. Ich hatte, das wurde nun immer klarer, den Kontakt zu meinen Wurzeln verloren. Draußen stürmte es, und ich wünschte, dass es auch regnen sollte – doch selbst dieser Wunsch blieb an dem Abend unerfüllt. Mir war klar, dass ich in diesem jämmerlichen Zustand nicht zu Anna gehen konnte. Ein Taxi hielt an einer entfernten Kreuzung, doch der Fahrer sah mein Winken.

Als ich das Haus betrat, wirkte es tot. Die Zwillinge schliefen bei Freunden, und Katja war noch nicht zurück. Ich dachte daran, aus dem Keller einen Strick zu holen und mich aufzuhängen. Aber das war nicht mein Stil – wenn, dann würde ich Tabletten nehmen, dachte ich mir.

Ich nahm stattdessen eine Badewanne und wartete auf Katja. Sie würde mich trösten können. Aber sie kam nicht. Schließlich konnte ich aus eigener Kraft einschlafen. Die Müdigkeit hatte gesiegt.

Katja kam erst am frühen Morgen. Obwohl sie versuchte, leise zu sein, hörte ich sie sofort. Als sie ins Bett huschte, ließ ich mir zunächst nicht anmerken, dass ich wach war. Ich merkte an ihrem schnellen Atem, dass auch bei ihr vorerst nicht ans Schlafen zu denken war. Sie wirkte aufgeregt und erleichtert zugleich. Letzteres würde ich jetzt zerstören: „Warst du wirklich mit deiner Freundin unterwegs?“, fragte ich verschlafen. Sie zögerte einen Augenblick, dann sagte sie betont freundlich: „Mit ihr und ihrem Freund.“

Ich wunderte mich, dass sie mich nicht gefragt hatte, ob ich mitkommen wollte – wenn doch sowieso ein Mann dabei gewesen war. Ich ließ nicht locker: „Was macht ihr für Spielchen?“, fragte ich und kam mir, noch während ich den Satz sprach, albern vor. „Wir waren tanzen“, lautete Katjas Antwort. Langsam ärgerte mich, dass sie immer nur militärisch kurz reagierte, nicht von sich aus etwas erzählte. Damit machte sie sich entweder verdächtig, oder sie war einfach nur genervt, dass sie so einen spießigen Mann neben sich im Bett liegen hatte.

„Hast du manchmal was mit anderen Männern?“, fragte ich endlich und sie antwortete einfach: „Selten.“ Sonst nichts. Dann schmiegte sie sich an mich. Wieder war diese Stille da, die mich auch schon in früheren Gesprächen bedrückt hatte. Ich fühlte mich inzwischen von ihr verfolgt, sah so meine eigene Verzweiflung durch andere zum Ausdruck gebracht.

„Hat Max davon gewusst?“, fragte ich nach einer von diesen langen Pausen. Katja antwortete, dass er es zwar nicht gewusst habe, sich selbst aber mit knackig jungen Schwimmerinnen amüsiert hatte. Sie hatte das erfahren – vielleicht von Mike, dachte ich mir – und Max darauf angesprochen, aber er hatte nicht damit aufgehört. „Max ist sich seiner Sache immer sehr sicher gewesen“, erzählte Katja und schien dabei aus dem Fenster in die Morgendämmerung zu schauen. „Eine Frau, die auf die vierzig zugeht, erlebte nach Max’ Vorstellungen keine Abenteuer mehr – sollte ich ihm das Gegenteil vor seinen Augen beweisen? Ich hab’ es eben heimlich gemacht.“

Langsam verstand ich Katja. So weit war ihre Haltung gar nicht von der Annas entfernt, mit dem kleinen Unterschied, dass Anna offener für ihre Freiheiten gestritten hatte, Katja dagegen ihr Engagement ‚unter der Decke’ hielt.

„Wie konntest du dich unter diesen Umständen in der Beziehung wohl fühlen?“, fragte ich verdutzt. „Ich hatte dir doch schon erzählt, dass bei uns alles etwas anders war“, kam Katja endlich ins Erzählen, und ich fühlte, wie wieder etwas Nähe in unsere Beziehung zurückkehrte. „Als wir die Zwillinge auf die Reise geschickt hatten, war er achtzehn und ich vierundzwanzig. Dann kam die Heirat. Unsere Ehe ist schon alt; da braucht man vielleicht Abwechslung.“

Jetzt war ich doch froh, dass Anna und ich nicht geheiratet hatten. „Mit wem hast du heute also gevögelt?“, fragte ich eher neugierig als vorwurfsvoll. „Diesmal habe ich wirklich getanzt“, antwortete sie. Natürlich wusste ich, dass ihr ‚diesmal’ hieß, dass sie schon morgen wieder auf Männerfang gehen konnte. Ich wunderte mich über mich selbst, dass diese Vorstellung mich nicht auf die Palme brachte. Nur eines daran war tragisch: So heilend der Bruch mit dem Gewohnten auch immer sein konnte, in meiner jetzigen Lebensphase brauchte ich in erster Linie mehr

Geborgenheit – und die versprach eine abenteuerlustige Katja gerade nicht.

„Lass uns später weiter darüber reden, ich bin total kaputt vom Tanzen“, bat Katja und grub ihre Hand unter mich. Ich musste daran denken, dass mir die beiden Freundinnen, mit denen ich zwischen den Anna-Episoden zusammen gewesen war, öfter vorgeworfen hatten, ich wolle in den ungünstigsten Momenten schlafen oder frühstücken. Manchmal war es auch umgekehrt gewesen. Aber nur ganz selten in meinem Leben hatte ich das Gefühl gehabt, dass ein Mann und eine Frau in wirklich jeder Beziehung gut zusammenpassten.

Schnell war sie eingeschlafen. Wie immer guckte ein Fuß unter der Decke hervor. Im Schlaf sah sie wie ein Engel aus; die strengen Züge, die sie im Alltag haben konnte, hatten sich aufgelöst. Katja war für den Moment des Schlafes brav geworden, war gebändigt. Es war etwas zwischen uns entstanden, dass ich Vertrautheit nennen wollte. Ihre Lockerheit bei der Wahl der Bettgenossen empfand ich daher als Rückschlag in unserer Beziehung.

Doch Katja nahm damit von mir auch eine große Bürde, die mich fast täglich quälte: Ihre Bindung an mich konnte nicht so tief sein wie befürchtet. Das verschaffte mir mehr Raum zum Durchatmen: Die Last, einer Flut an langfristig angelegten Erwartungen gerecht werden zu müssen, wurde geringer. Und: Ich hatte nicht mehr das Gefühl, die Genugtuung dieser im Bett doch so anspruchsvollen Frau ganz alleine besorgen zu müssen – ein Unterfangen, dass nicht gut gegangen wäre.

Rational betrachtet gefiel mir also diese neue Offenheit und Freizügigkeit in Beziehungen. Aber ich hatte auch bei Anna oft gemerkt, dass Eifersucht nicht etwas war, das man aus tiefer Überzeugung wie an einem Lichtschalter plötzlich ausknipsen konnte. Weil jede Affäre ausbaufähig war, gingen wir auch mit jedem sexuellen Ausritt ein Risiko ein. Jedes Mal wankte dabei der Palast der Liebe – wenn er dem Beben stand hielt, war er hinterher um so monumentaler.

Als ich gegen acht aufstand, war Katja noch im Tiefschlaf. Ich ging ins Badezimmer. Wie immer war die Zahnpastatube nicht aufgerollt, der Deckel lag neben der Tube, vorne war über Nacht etwas weiße Masse herausgequollen. Es ist eine Eigenart vieler Frauen, immer munter drauflos zu quetschen, bis nichts mehr kommt. Ich drückte die restliche Zahnpasta nach vorne. Dann schmiss ich mir die Klamotten über den Leib.

Im Kleiderschrank fand ich einen schwarzen Anzug – wahrscheinlich war dieser bisher meist beim jährlichen Empfang des Bürgermeisters für die erfolgreichsten Sportler der Stadt getragen worden. Dann stiefelte ich aus dem Haus. Es war ein sonniger Aprilmorgen. Die Luft war kühl und feucht. Ich genoss diese Art noch jungfräulich klarer Morgenluft.

Der Bus fuhr zum Hauptfriedhof. Dort angekommen blickte ich auf die Anschlagtafel. Es blieben noch zwei Stunden Zeit bis zu meiner Beerdigung. Ich vertrieb sie mir, indem ich die Verwandten meines ersten Lebens aufsuchte, die Steine der Steins. Ich versuchte dabei, mich an Geschichten aus ihrem Leben zu erinnern. Mutters Grab war vom Bewuchs befreit. Der Stein fehlte auch. Es war schön, dass ich neben Mutter liegen durfte. Ich wusste, dass ich dieser Frau viel zu verdanken hatte, ich wusste nur nicht genau was. War es nur ihre Gutmütigkeit, sonst nichts? Sie hatte nicht immer zugehört, wenn es zum Streit gekommen war; sie hatte oft geweint, wenn einer aus der Familie anderer Meinung gewesen war, aber was zählte das heute schon? Es war etwas anderes an ihr, dass ich ständig in mir wiederfinden wollte, vielleicht ihre innere Sicherheit.

Dann war es endlich soweit. Am Eingang der Kapelle stand mein Vater – er hatte noch nie anders ausgesehen. Alles an ihm war korrekt; ich war mir sicher, er würde auch heute die Fassung bewahren. Er hatte sich so viel geändert in den Jahren nach seiner Pensionierung, war soviel offener geworden, und doch war er der Gleiche geblieben. Der Scheitel saß hundertprozentig – genau so musste er auch einst zur Welt gekommen sein.

Vater begrüßte die Gäste der Trauerfeier mit einem Handschlag und nahm die Beileidsbekundungen entgegen. Wie würde er ihnen erklären, dass der Tod und die Beisetzung so weit auseinander lagen? Mit Vater hatte ich in meiner letzten Zeit eigentlich nur noch telefoniert. Es war mir ein besonders großes Rätsel, wie Anna all den Leuten hatte erklären können, warum ich die letzten Tage vor meinem Tod nicht mehr ansprechbar gewesen war. Ja, ja, der Arme siechte nur noch dahin, es war eine Erlösung, immer war es eine Erlösung.

Ich schüttelte meinem Vater die Hand. Vor diesem Moment hatte ich mich während des Spazierganges über den Friedhof schon die ganze Zeit gefürchtet. Seine Hand war kalt und ausdruckslos. Was nur war passiert? Störte der fremde Körper bei dem doch eigentlich so bedeutungsschwangeren Handschlag von Vater und Sohn? Es war sehr schön, ihn wieder zu sehen. Er sah gut aus, nur ein bisschen traurig wirkte er. Auch ihm hätte ich sagen müssen, dass ein Teil seines Sohnes weiterlebte...

Mein Vater blickte mir einen kurzen Moment prüfend in die Augen, als wollte er wissen, in welcher Beziehung dieser Mann wohl zu seinem Sohn gestanden haben könnte. Doch er erkannte – wie zuvor schon Gerd – den hirntransplantierten Max Sommer nicht in mir. Sorgte mein lausiger Dreitagebart tatsächlich für eine so gute Tarnung?

Vater tat mir unendlich Leid, von einer Sekunde auf die andere. Die Gewissensbisse, die im Gespräch mit Gerd aufgekommen waren, wuchsen ins Unendliche. Ich wandte mich von ihm ab, der nächste Besucher reichte ihm die Hand, ein Arbeitskollege von mir. Als ich mich dem Portal der Kapelle näherte, erschien mir das kleine Gotteshaus plötzlich wie ein großer Sarg. Ich blickte hinein, doch im Innenraum war es stockfinster. Ich bekam Angst. Wo waren die Leute geblieben, die in die Kapelle hineingegangen waren?

Schweiß trat auf meine Stirn, ich hatte Herzstiche. Ich bereute die Idee, meine eigene Trauerfeier besuchen zu wollen. Max Sommer war kein Freund von Philip Stein gewesen, er hatte hier nichts zu suchen. Wohin hatte mich die Neugier getrieben? Panisch drehte ich auf dem Absatz um und stürmte die Treppe hinunter. Mein Vater bemerkte die Flucht nicht.

Ich lief zum Friedhofsausgang, doch meine Kräfte verließen mich; ich musste einen Moment verschnaufen. Da kam mir eine Frau entgegen, die in meinem Leben – wie mir nun schlagartig klar wurde – sehr wichtig gewesen war; sie lief direkt auf mich zu, blieb unerwartet stehen und starrte mir machtvoll in die Augen: Tante Gertrud ließ nicht mehr von mir ab. Obwohl ein wildfremder Mann vor ihr stand, schien sie mich in meinem Blick zu erkennen, schien sie in meinen neuen Augen den alten Ausdruck entdeckt zu haben. Ein Schauer lief mir über den Rücken.

Nach ein paar endlosen Sekunden hob sie ihre linke Augenbraue vorwurfsvoll, dann setzte sie ihren Marsch zur Kapelle fort. Ich blickte der in ein enges schwarzes Kleid gehüllten, auf hohen Absätzen stolzierenden Frau hinterher – sie war noch schöner, als ich sie in Erinnerung behalten hatte.

5. Löwin

Wie ein Irrlicht war ich hinunter in die Stadt gelaufen. Im Landesmuseum lief eine Sonderausstellung. Ich ging hinein. Museen, Kirchen und Friedhöfe haben etwas gemeinsam. Sie strahlen Ruhe aus und regen zur Beschäftigung mit der Vergangenheit an. Die Ausstellung präsentierte Hundertwassers Lebenswerk, schon wieder ein Rückblick. Es war auch Kitsch dabei, aber dennoch: Warum hatte man sie nicht gebaut, die globale Stadt, errichtet von Hundertwasser, M. C. Escher, Claes Oldenburg und Gaudí? Auf der Flucht vor dem Grau wären wir in sie einst wie ins heilige Land gepilgert...

Stattdessen streunte ich nun, nachdem ich das ehrwürdige Haus verlassen hatte, stundenlang durch eine verregnete deutsche Stadt, war umgeben von schummrigen, platten Häuserfassaden, errichtet in den Jahren, in denen es uns langsam wieder besser gegangen war, das Geld aber nicht für Verschnörkelungen ausgegeben werden durfte. Vor manchen Fenstern hingen Satellitenschüsseln, die den Ausblick in den öden Straßenzug versperrten, dafür aber weite Einblicke in eine Kunstwelt boten.

Der Regen wirkte sich diesmal nicht positiv auf meine Laune aus. Als meine Klamotten durch waren, fror ich. Die schwarzen Wolken verdunkelten die Stadt und ließen sie bedrohlich erscheinen. Hier musste ich mich verloren fühlen. Der Abend brach an. Ich wollte nicht nach Hause, weder in das eine noch das andere.

Anna wohnte nur drei Blöcke entfernt. Das war nicht weit und trotzdem unerreichbar. Langsam orientierte ich mich dorthin. Ich ging nicht direkt, sondern näherte mich in rechtwinkligem Zickzack. Wie der

Adler seine Beute umkreist, schlich ich mich meinem Ziel fast unbewusst immer näher. Aber die Beute war ich.

Aus einem Automaten hatte ich mir eine Packung gezogen. Jetzt brannte die Kippe in meiner Hand und verdeutlichte wie ein Leuchtzeiger mein Zittern. Max, der Nichtraucher, mochte es mir verzeihen. Endlich war es richtig dunkel. Erst nach einer Viertelstunde kam ich auf die Idee, nach oben zu schauen. In der Küche brannte kein Licht.

Ich hatte sowieso nicht vorgehabt, hinaufzugehen. Nur ein wenig Nähe spüren. Nur ein wenig an die Zeit erinnert werden, in der ich dort hinten mit dem Fahrrad um die Ecke gebogen war, die fünfzig Meter bis zur Haustür trotzig gegen die Einbahnstraße gefahren war, wie ich den Drahtesel im Treppenhaus abstellte und schließlich die Stufen hinaufrannte. Oben war ich dann vollkommen aus der Puste. Bis auf das Drachenfliegen im Urlaub war das meine einzige sportliche Betätigung gewesen.

Dann suchte ich den Schlüssel. Obwohl ich damit gerade noch das Fahrrad angeschlossen hatte, kannte ich oft nicht seinen Aufenthaltsort. Es war ein Bingospiel: Vier Hosentaschen und zwei Jackentaschen hatte ich zur Auswahl. Trotz meines strukturierten Wissenschaftlerdaseins hatte ich mir stets eine Portion Chaos bewahrt.

Wenn ich dann schließlich in die Wohnung kam, aß Anna gerade eine Kleinigkeit oder saß am Schreibtisch. In der Küche brannte Licht, und ein Radio dudelte. Dann hatte ich oft ein richtig intensives Zuhausegefühl mit diesen Geborgenheitsanwandlungen und all den verborgenen Kräften, die dazugehören.

„Ich wusste, dass du kommen würdest“, sagte eine Stimme hinter mir, die ich nur allzu gut kannte. Ich drehte mich hastig herum. Sie sah gut aus. Warum hatte sie mich so zweifellos erkannt, sogar von hinten?

Tief und ernst schaute sie mir in die Augen. Ich wollte ihr in die Arme fallen, traute mich aber nicht, weil sie mich auf irgendeine Art und Weise auf Distanz zu halten schien. „Du kannst auf einen Tee mit heraufkommen“, sagte sie nüchtern und schloss die Tür zum Treppenhaus auf. Wir gingen hinauf, ohne ein Wort zu wechseln.

Als wir in die Wohnung kamen, war dieses Gefühl eines Zuhauses nicht so intensiv wie einst. Wieder hatte ich Angst. Anna wirkte unverbindlich. Nicht einmal umarmt hatte sie mich. Mir kam in den Sinn, dass sie mir mitgeteilt hatte, gar keinen Kontakt mehr zu mir haben zu wollen. Aber sie hatte dabei nicht von sich gesprochen. Sie hatte nicht von ihren Wünschen und Ängsten gesprochen, sondern meine neue Verantwortung als Grund vorgeschoben. Jetzt würde sie mir mehr davon erzählen müssen.

Ich fror in den nassen Klamotten. Da mir meine irgendwo in dieser Wohnung verstaute alte Kleidung nicht mehr gepasst hätte, begnügte sich Anna damit, einen surrenden Heizlüfter hervorzuholen. Ich setzte mich vor ihn, lehnte mich mit dem Ellenbogen auf den Küchentisch. Sie stand an der Spüle, setzte einen Tee auf. „Warum bist du nicht zu meiner Beerdigung erschienen?“, fragte ich mit leicht vorwurfsvollem Ton. „Weil ich weiß, dass du nicht tot bist“, sagte sie und drehte sich dabei um. „Warum hast du dich dann nicht bei mir gemeldet, bei deinem lebendigen Mann?“ – ich bemühte mich, möglichst locker zu klingen. Anna blickte mir einen Moment mitleidig in die Augen, doch ihre Entschlossenheit kehrte sofort zurück: „Erstens sind wir nicht verheiratet, zweitens haben wir uns keine Pflichten in unserer Beziehung auferlegt und drittens bist du zwar nicht tot, aber du bist auch nicht mehr der, der du gewesen bist!“

„Du warst doch immer mal an was Neuem interessiert“, entgegnete ich und grinste dabei. Irgendwie musste ich doch ihren harten Kern knacken können. Anna kramte an der Spüle herum. Das Wasser kochte, in ihrer linken Hand baumelte das Teenetz. „Welche Sorte möchtest du?“, fragte sie. „Hörst du mir überhaupt zu?“, entfuhr es mir, und ich bereute den Vorwurf sogleich – ich wusste, dass so ihre Abwehrhaltung nur noch schlimmer werden würde. Es wurde still.

Ein Streit war im Entstehen, und vermutlich überlegte sie nun, ob ihr unter den besonderen Umständen nach Stress zu Mute war. „Also mach’ ich einen Earl Grey.“ Es war oft so gewesen, dass wir uns gegenseitig vorgeworfen hatten, dem anderen nicht zuzuhören. In der heißen Phase eines Streites durfte man unter gar keinen Umständen aus dem Fenster oder an die Decke schauen, weil der andere dann vermutete, man wolle ihm demonstrativ nicht zuhören. Das brachte die Diskussion weg vom eigentlichen Thema. Man stritt sich schließlich darum, inwiefern der andere seine Mitmenschen achtet oder auch, ob die Funktionstüchtigkeit der Ohren durchs Weggucken eingeschränkt wird. Solche Debatten führten grundsätzlich zu keinem friedlichen Ende.

„Du siehst gut aus“, sagte sie plötzlich und setzte erst nach einer Weile fort: „...deine neue Frisur gefällt mir.“ Das war die typische Form annascher Ironie. Wir mussten beide lachen. „Ich liebe dich noch!“, sagte ich endlich – eine Last fiel von mir, beinahe war es nun unwesentlich, wie sie gleich reagieren würde. Anna guckte mir in die Augen, antwortete aber nicht. Sie goss den Tee in die Becher.

Nun saßen wir uns gegenüber und schwiegen. Sie schien über meine Erklärung nachzudenken. „Ich weiß nicht, ob ich dich liebe, aber ich weiß, dass ich erst mal alleine bleiben will!“, erwiderte sie schließlich. Anna bekam glasige Augen. Ohne dass sie es gesagt hatte, wusste ich nun, dass ich ihr noch etwas bedeutete. Wieso war ich so ungeduldig, warum konnte ich diesen Eindruck nicht eine Weile auf mich wirken lassen, warum stocherte ich so pubertär nach: „Da ist also kein anderer?“

Ich bereute meinen Ausspruch sofort. Warum musste ich die Fragen immer so stellen, wie ich es aus den Hollywood-Streifen kannte? Andererseits hatte mir der Verdacht bei Katja recht gegeben... „Nein, keiner“, sagte sie. Ich polterte wie gehabt weiter drauf los: „Dann können wir es doch noch einmal versuchen!“ Ob ich das wirklich wollte, darüber hatte ich mir noch keinen Moment Gedanken gemacht.

„Hast du das nicht verstanden. Ich will keinen Mann. Nicht jetzt. Überhaupt keinen Mann“, sagte sie mehr flehend als belehrend. „Aber was ist schön daran, allein zu sein?“, fragte ich mit zittriger Stimme. Jetzt hatte unser Dialog das Level an Dramatik erreicht, bei dem im Kino die ersten Tränen fließen. „Du hast es immer noch nicht kapiert, dass es andere Dinge im Leben gibt. Du kapierst nichts“, sagte sie sichtlich genervt und knüllte dabei ein Trockentuch zusammen. Dann verließ die Spannung wieder ihren Körper, die starken Schultern sanken langsam herab, sie ging zurück an die Spüle und begann, das Abwaschwasser einlaufen zu lassen.

Ich wusste nicht, was ich noch sagen sollte. Mit was für Erwartungen war ich hierher gekommen? Eigentlich hatte ich mich gar nicht in die Höhle der Löwin getraut. Die Löwin hatte mich hereingelockt. Ich überlegte, während das erste Geschirr aneinander schepperte, ob ich Annas Haltung nachvollziehen konnte. Wie hätte ich reagiert, wenn sie plötzlich verschwunden gewesen wäre und dann in der Hülle einer personifizierten Barbiepuppe à la Claudia Schiffer zurückgekehrt wäre? Ich hätte sie nicht lieben können.

Anna musste genau wie Anna aussehen. Wie komisch musste es sein, dass ihr Philip jetzt wie irgendein Max aussah. Ich wunderte mich sowieso, dass sie bei meinem Anblick überhaupt nicht erschreckt gewesen war, nicht eine Sekunde gezögert hatte. Anna schien wieder einmal die Lage unter Kontrolle zu haben. Das hatte mich schon oft genervt.

Ich beäugte sie von hinten, während sie sich um den Abwasch kümmerte. Etwas Besseres war ihr in dieser Lage nicht eingefallen. In mir kam Liebeskummer auf. Ich wollte Anna nicht verlieren, aber ich hatte keine Idee mehr, wie ich einen Zugang zu ihr finden konnte. „Aber ich liebe dich doch – so einfach ist das alles...“, sagte ich. „Aber versteh doch: Was ist daran so einfach, wenn ich das nicht tue?“, fragte sie und wollte wissen, wie es denn mit der „anderen Frau“ so laufe. „Sie ist sehr nett, aber es ist vielleicht nicht die große Liebe“, antwortete ich.

Jetzt hatte Anna ein Thema gefunden, das von der unmittelbaren Aufarbeitung unseres Verhältnisses wegleitete. „Schlaft ihr zusammen?“, fragte sie, und ich sagte: „So halbwegs, aber das würde ich sofort unterlassen, wenn wir...“ Anna ließ mich nicht ausreden. „Du brauchst dich nicht zu rechtfertigen“, fuhr sie mich an, „wir wollten uns immer gegenseitig unsere Freiheiten gönnen. Ich habe meine Erlebnisse gehabt und du deine – so haben wir es immer gehalten.“ Sie schaute mir bei diesen Worten nicht mehr ins Gesicht. Zu allem Überfluss schloss die Frau meiner

Träume ihre Ausführungen mit dem Satz: „Jetzt ist doch sowieso alles ganz egal zwischen uns, du wohnst bei einer anderen.“ Sie blickte auf den Teller in ihrer Hand und spülte Kuchenreste von ihm herunter.

Nun hatte ich auch in diesem Haus das Gefühl, dass da eine Frau war, die mir ihre Ordnung aufdrückte. „So haben wir es immer gehalten“, hatte sie gesagt. Aber war es nicht sie allein gewesen, die es so hatte halten wollen? Ich überlegte einen kurzen Augenblick, ob ich nicht auch schon im alten Leben viel von mir preisgegeben hatte. Hatte sich nach der Operation wirklich so viel zum Schlechten gewendet, oder fiel es mir nur in dieser Zeit so auf, weil mich kein geregeltes Leben mehr vom Grübeln abhalten konnte?

„Darf ich den Rotwein öffnen?“, fragte ich. „Na klar, du Trantüte!“ – das hatte sie oft zu mir in diesem versöhnlichen Ton gesagt, wenn ich traurig gewesen war. Ich zog den Korken. „Du kannst damit ja schon ins Wohnzimmer gehen. Ich komm’ auch gleich“, sagte Anna nun plötzlich mit luftiger Stimme, die nette Erinnerungen in mir wach werden ließ. Sich mit ihr auseinander zu setzen, wurde leicht zu einer emotionalen Berg- und Talfahrt.

Anscheinend hatte sie endlich gemerkt, wie sehr mich das alles mitnahm, war ihr endlich klar geworden, dass der, der gerade in ihr Wohnzimmer ging, keineswegs gesundet war. Ich war erleichtert. In der guten Stube würde unser Gespräch vielleicht zwangloser werden. Ich wollte wenigstens einen Fetzen der alten Zeit mit nach Hause nehmen. Dabei war ich mir bewusst, dass gerade solche Fetzen schon verheilte Wunden wieder aufreißen konnten.

„Ich lass’ den Abwasch jetzt stehen!“, rief sie aus der Küche. Beim Hereinkommen schaltete Anna den

Fernseher ein. Es lief Viva. Sie setzte sich neben mich aufs Sofa, und wir begannen, am Rotwein zu nippen.

Je später der Abend wurde, desto vertrauter wurde die Atmosphäre – unachtsam ließen wir ihn sich entwickeln. Wir plauderten amüsiert von früher, der Wein und die angesagte Musik mit den leichtbekleideten Tänzerinnen nahmen uns die letzten Hemmungen, aufgeheizt zogen wir unsere Pullover aus, bald lag ihr Arm scheinbar zufällig auf meiner Schulter. Als ich mich bei ihr leicht anbuckte, wehrte sie sich nicht.

Dann ging alles ganz schnell: Wir wurden müde. Ich durfte bei ihr schlafen, wurde aber angewiesen, die Finger von ihr zu lassen. In dem breiten Bett war genug Platz für zwei. Anna zog ihr weißes Leinennachthemd an, ihr ganzer Stolz: Sie hatte es von ihrem Großvater geerbt. Der Wein zeigte deutlich seine Wirkung. Sie fing an zu trillern. Ein schönes Lied war das, und ihre Stimme klang bezaubernd rein. Aus dem Gutenachtküsschen wurde eine ausgedehnte Umarmung. Ich merkte, dass ich ihr doch nicht ganz so egal war, wie es sich zuvor noch angehört hatte.

Dann war sie unter meine Decke gekrochen. Sie bewegte sich ganz seicht und summte dabei noch immer. „Das ist ja ein Knüppel!“, stieß sie plötzlich einen entsetzten Schrei aus. Und halb scherzhaft ergänzte sie, dass sich der Körpertausch damit für mich ja so richtig gelohnt habe. Hatten die Sexualexperten nicht immer beschworen, die männlichen Ausmaße seien egal? Im Verlauf des Abenteuers war ich jedenfalls mehrmals versucht, ihr mitzuteilen, dass ich auch noch an dem „Knüppel“ hing. Der ganze Spaß hätte nicht lange gedauert, wenn sie nicht auf einmal aus dem Bett gesprungen wäre: „Lass und Kriegen spielen“, rief sie noch, bevor sie auch schon aus dem

Zimmer gerannt war. In unseren goldenen Jahren hatten wir dieses Spiel öfter gespielt.

Ich fand sie in der Küche. Sie war nun wieder mit dem Abwasch beschäftigt. Ich näherte mich ihr von hinten, schob ihr Nachtkleid hinauf, welches sie von ihrem Großvater geerbt hatte, drückte ihren Rücken weit herunter... „Vorsicht, ich hab' Angst vor dem Ding", sagte sie leise, als handele es sich um eine Aufforderung. Annas Körper beantwortete jede Schwingung wie eine Feder, ihre kleinen Brüste erreichten ab und zu den Spiegel des Abwaschwassers und erzeugten Ringe auf diesem.

Ich kam mir in meinen Bewegungen dagegen ungeschmeidig wie ein Roboter vor, unfähig zu einem regelmäßigen Rhythmus – zum Trost redete ich mir ein, dass sich das sexuelle Koordinationsvermögen sicher ebenfalls über Max' Rückenmark speiste, und nicht über mein Gehirn. Doch mein Auftritt war mir unangenehm; auf die seufzende Anna schienen die Rahmendaten hingegen genau abgestimmt zu sein. Hatte ich sie etwa früher mit meiner rücksichtsvollfeinfühligen Art eher gelangweilt, fragte ich mich plötzlich – oder steigerte tatsächlich allen gesellschaftlichen Beschwichtigungen zum Trotz mein bloßes Volumen ihre Lust? Als mal wieder alles viel schneller vorüberging als gedacht, zerstörte sie mit drei Worten die Illusion von der Auferstehung einer männlichen Sexmaschine: „Ganz der Alte!"

Um acht Uhr wachte ich auf. Durch die Vorhänge fielen ein paar diffuse Sonnenstrahlen auf das Bett. Ich küsste ihren Hals und stellte fest, wie gut auch sie roch: Es war genau die feminine Seewasser-Brise, die ich in meinem Erinnerungsschatz so gut behütet und verschlossen mit in die neue Welt genommen hatte. Mein Geruchssinn, das wusste ich von nun an mit

Sicherheit, funktionierte wieder einwandfrei. Anna schlief noch.

Ich stand auf und begann, das Frühstück vorzubereiten. Frühstücken konnte bei uns zu einem mehrstündigen Gemütlichkeits-Ritual ausarten...

Plötzlich stand Anna – nur mit weißem Slip und BH bekleidet – in der Tür. „Ich möchte, dass du gehst“, sagte sie. Ihre Haare standen wuschig zur Seite ab. „Warum?“, fragte ich. „Ich möchte meine Ruhe haben“, antwortete sie, „das hatte ich dir doch erklärt.“ Ich musste schwer schlucken: „Lass uns zusammen schön frühstücken, wie früher!“, forderte ich sie auf und versuchte dabei möglichst ungekünstelt zu lächeln. „Früher – das gibt es nicht mehr“, sagte Anna melancholisch und schroff zugleich.

Ihre alte Strenge war zurückgekehrt. „In der Nacht warst du nicht so ablehnend. Da dachte ich, du könntest doch einen Mann ganz gut gebrauchen“, hielt ich ihr vor. „Wenn das alles ist, was Männer zu bieten haben, kann ich darauf verzichten!“, konterte sie. Was Anna gesagt hatte, war hart. Auf ihre Direktheit konnte ich nichts mehr erwidern. Ich verstand sie absolut nicht – wie hatte dieselbe Frau in der Zeit meiner Krankheit so fürsorglich sein können?

„Es war ein Fehler. Ich bin dem Kribbel des Neuen verfallen. Es tut mir leid“, sagte sie nun schon deutlich sanfter. „Warum verfallen? Es hat dir Spaß gemacht! Was ist daran verkehrt?“, versuchte ich es noch einmal. „Dass ich dir ein falsches Signal gegeben habe, das war verkehrt“, sagte sie und atmete dabei schwer durch. Ich merkte, wie sie mit sich rang. „Aber es war ein so schönes Signal“, entgegnete ich fast flehend, verlor jedoch langsam den Glauben, sie noch rumkriegen zu können. Ich legte den Gouda, den ich die ganze Zeit in der Hand gehalten hatte, langsam auf den

Tisch, als ob ich eine Schachfigur setzen würde. Dann ging ich in den Flur, begann mir die Schuhe anzuziehen.

Es war nicht das erste Mal, dass ich plötzlich gehen musste, aber diesmal kam es mir endgültig vor. „War ich für dich gestern nur eine erotische Erscheinung?“, fragte ich, obwohl ich es bis dahin immer nur umgekehrt gehört hatte: dass Frauen das Gefühl haben, nur benutzt worden zu sein.

Anna antwortete nicht. Als sie die Tür hinter mir schloss, liefen ihr Tränen über das Gesicht. Ich war noch zu geschockt, als dass ich hätte weinen können. „Ich werde mich bei dir melden“, versicherte Anna, und ich hatte das erste Mal den Eindruck, dass sie älter geworden war. „Aber wirklich!“, sagte ich zu ihr hinaufschauend, glaubte jedoch nicht daran. Es war nur eine leichte Hoffnung, die blieb, als die Tür ins Schloss fiel. Sonst nichts.

4. Rückkehr

Eine ganze Weile hatte ich mich nun herumgetrieben. Als ich nach Hause kam, waren die Kinder in der Schule und Katja bei der Arbeit. Ich setzte mich ins Wohnzimmer an die Fensterfront und starrte in den Garten. Was war aus mir geworden? Die Gedanken waren schwer und kamen schleppend in Gang. Ich hatte meine Identität nach der Operation immer nur in anderen gesucht, in Katja und Anna, in Mike und Gerd. Fast überall war ich mehr oder weniger gescheitert. Bei Anna und Gerd mehr, bei Katja weniger. Aber war ich auch an mir selbst gescheitert?

Über mein neues Ich hatte ich noch nichts in Erfahrung gebracht. Ich hatte es nicht einmal versucht. Die Auseinandersetzung mit der Vergangenheit hatte geholfen, mich in der neuen Welt zurechtzufinden. In ihr war alles definiert, und ich lernte meinen Platz kennen. Das glaubte ich zumindest. In Wirklichkeit aber waren die alten Reservierungen gekündigt worden.

Wenn ich in der Zukunft bestehen wollte, musste ich mir neue Herausforderungen und Bezüge suchen. Ich würde nicht mehr in mein Institut zurückkehren können, ich würde kein überragender Schwimmer mehr werden, ich würde vielleicht nie mehr zu Anna in die Wohnung kommen, ich würde Katja eventuell einmal an einen anderen verlieren.

Alle wussten nicht so richtig, woran sie an mir waren, und ich traute mich nicht, einen eigenen Charakter zu entwickeln, weil ich immer daran denken musste, dass meine Gefährten etwas anderes erwarteten. Ich brauchte eine Beschäftigung, ein Hobby, vielleicht eine eigene Welt, wie sie Anna für sich beanspruchte.

Andererseits bedeutete mir die Nähe zu Katja unheimlich viel, und wenn sie auch ihr Glück hin und wieder mit anderen Männern versuchte, schien ich ihr ebenfalls sehr wichtig zu sein. Warum hatte ich mich mit ihr noch nie länger unterhalten? Ich musste einfach damit anfangen. Vielleicht unternahm sie nur deshalb keinen eigenen Anlauf, weil sie meine Gedanken erahnte und Angst hatte, sie könnte mir mit einer Grundsatzdebatte das Tor zum Absprung öffnen.

Wahrscheinlich könnte ich es in diesem Haus gut aushalten, wenn der Ehealltag lebendiger werden würde und ich hin und wieder ausfliegen dürfte. Das war es: Ich musste endlich wieder fliegen! Ein paar Tage in die Alpen, dort einmal nur für mich sein, auf einer Hütte, mit der Möglichkeit, mir einen Drachen zu schnappen... So würde ich mich auf mich selbst besinnen können.

Ich blickte immer noch in den Garten, der bei der Ausschreibung des Baugebiets unverschämt klein geraten war – ein Handtuch. An den verdorrten Auswüchsen der Stauden war zu sehen, dass das von Hecken umsäumte Areal einmal bessere Tage gesehen hatte. Wahrscheinlich hatte sich Max um die Pflanzenpflege gekümmert, bis er es nicht mehr geschafft hatte. Die Schaukel wippte im Wind und verscheuchte die Spatzen, die sich immer wieder auf dem daneben gelegenen, inzwischen mit einem Rasenflaum belegten Beet ein Stück vorwagten, um dann vor der Bedrohung zurückzuschrecken.

„Hallo!“, sagte Katja, die gerade nach Hause gekommen war. Sie zog das Wort zum Ende hin verwundert in die Höhe. „Na du...“, sagte ich. „Du warst bei Anna“, lautete ihr erster Satz. Ich schwieg. „Ich weiß es“, sagte sie nach einer Weile. Katja grinste verlegen. „Woher weißt du das?“, fragte ich zurück und hob dabei verwundert meine Augenbrauen. „Wo solltest du sonst gewesen sein?“, sagte Katja wie selbstverständlich und strich mir dabei über das Haar: „Bist du aus Trotz zu ihr gegangen? Weil du sauer über meine Seitensprünge warst?“. Katja wurde rot im Gesicht, ein ungewohnter Anblick. „Damit hat das nichts zu tun“, sagte ich, „es war nach der Beerdigung.“

Katja setzte sich zu mir auf die Sessellehne. Erstaunt starrte sie mich an. Offensichtlich hatte sie von der Beerdigung tatsächlich nichts gewusst. Sie wirkte auf einen Schlag sehr traurig. „Willst du zu Anna ziehen?“, fragte sie völlig unerwartet. Es wäre der Moment gewesen, in dem ich ihr alles hätte erzählen sollen, von meinen Gefühlen für Anna und von der Abfuhr, die sie mir erteilt hatte. Ich hätte ihr von meinen inneren Qualen erzählen sollen – sie wusste nur von meinen Kopfschmerzen.

„Ich bleibe hier“, sagte ich kurz und bündig, als sei diese Entscheidung das nüchterne Resultat eines Abwägungsprozesses. Katja zeigte sich geduldig, fragte betont ruhig: „Wie war es mit ihr?“ Ich überlegte einen Augenblick und überwand mich dann, ihr wieder in die Augen zu gucken: „Wir passen nicht mehr zueinander“, antwortete ich. „Aber du hast bei ihr geschlafen...“, bohrte Katja weiter. „Ich habe auch mit ihr geschlafen, aber es war nichts Besonderes mehr zwischen uns“, antwortete ich und ahnte dabei, dass mein abgeklärtes Gerede sie verletzen musste.

Mit beiden Händen schubste sie mich, drückte mich an den Schultern tief in den Sessel. Dann verschwand sie am ganzen Körper bebend aus dem Wohnzimmer. Ich bereute sofort meinen Trotz, merkte, dass es diesmal an mir gelegen hatte, dass kein vernünftiges Gespräch zu Stande gekommen war. Ich sprang auf und rannte ihr hinterher. Sie hatte sich im Badezimmer eingeschlossen.

„Lass uns unsere Geschichten einfach vergessen und mit was Neuem anfangen“, brüllte ich durch die Tür. Dann herrschte eine Totenstille in unserem Haus. Es mochten zwei oder drei Minuten vergangen sein, als sich der Schlüssel im Schloss drehte und Katja die Tür öffnete. Wir umarmten uns behutsam, als wollten wir den anderen auf keinen Fall zerbrechen. „Einfach vergessen...“, wiederholte sie kopfschüttelnd, „wie stellst du dir das vor?“

Ich hatte auf diese Frage keine Antwort. Dann erzählte sie mir, dass sie mich am Tag zuvor mit ihren Andeutungen nur etwas hatte reizen wollen, dabei aber zu weit gegangen sei. „Ich hätte betonen sollen, dass meine Seitensprünge alle vor der Operation gelegen haben“, erklärte Katja. Als sie aufgewacht war und gemerkt hatte, dass ich gegangen war, hatte sie bereut, so übermütig gewesen zu sein. „Ich habe den ganzen Abend lang gebetet, dass du bald zurückkommst“, berichtete Katja und fing dabei an zu weinen, „aber du bist nicht gekommen“.

Zum ersten Mal war ich mir nun ganz sicher, dass sie mich liebte. „Du brauchst dich für nichts zu rechtfertigen“, entgegnete ich, obwohl sie sich sicher eine Reaktion auf ihr vergebliches Warten erhofft hatte. Ich erinnerte mich bei diesem Satz sofort an die Worte Annas: Sie hatte zu mir genau das gesagt, was ich gerade Katja an den Kopf geschleudert hatte: „Du brauchst dich für nichts zu rechtfertigen...“ – ein Satz, der meist nicht ehrlich gemeint, sondern nur ein Signal dafür ist, dass sich die Partner gegenseitig nicht einschränken wollen. Denn eigentlich interessiert es in einer Beziehung immer, was der oder die andere so treibt.

Und trotzdem war es für mich nicht nur eine Floskel gewesen; fernab von dem Anspruch, informiert sein zu wollen, ließ es mich relativ kalt, ob Katja außerhalb unserer vier Wände heiße Nächte verlebte. Ich glaubte zwar nicht, dass das ein Ausdruck mangelnder Liebe war. Weil es aber gemeinhin so verstanden wird, sagte ich Katja vorsichtshalber nichts von meiner fehlenden Eifersucht.

Ich fügte mich stattdessen meiner Rolle: „Als Anwalt von Max muss ich jetzt sauer sein und dir eine Backpfeife geben, du Luder!“ Einen kurzen Augenblick schauten wir uns streng in die Augen, doch Katja verstand schnell, dass ich scherzte. Wir brachen gemeinsam in Gelächter aus, fingen schließlich an zu rangeln – auf unerklärliche Weise legte sie mich aufs Kreuz. Wir wussten zwar beide, dass so keine Probleme aus der Welt zu schaffen waren – aber in unserer Unvernunft waren wir uns bemerkenswert einig.

„War Mike einer von deinen Lovern?“, fragte ich schließlich noch außer Atem, als wir uns allmählich ausgetobt hatten. „Ja“, antwortete sie so kurz und unschuldig, dass ich ihr dafür nicht böse sein konnte. „Es macht nichts“, flüsterte ich Katja ins Ohr.

Sich ihre Liaison vorzustellen, war leicht erotisch und doch bedrückend. Bedrückend besonders deshalb, weil die nun bestätigten sexuellen Abenteuer das Verhältnis zwischen Mike und mir belasteten, vielleicht sogar zerstörten: Bei unserem Gespräch in der Klause hatte ich das erste und einzige Mal nach der Operation den Eindruck gehabt, mit jemandem ganz ehrlich und intim zu reden. Mike hatte mir von seinen Problemen in der Ehe erzählt, aber nicht erwähnt, dass er mit meiner Frau geschlafen hatte. Nicht von Katja, sondern von ihm fühlte ich mich betrogen.

Mein Vorhaben, mich in den nächsten Tagen mit Mike zu treffen, verwarf ich. Unsere Vertraulichkeit hatte sich verflüchtigt. Ich würde nicht bei ihm anrufen. Was half mir ein Ankerplatz, wenn sein Grund nicht griffig war? Auch hier würde ich abtreiben... Die Enttäuschung darüber saß tief.

Am Abend erzählte ich Katja dann endlich doch, dass ich es vermisste, längere Gespräche mit anderen zu führen. Und meine Selbstgespräche würden mich bald um den Verstand bringen, berichtete ich ihr. Taktvollerweise gab sie mir nicht den Rat, doch mal bei Mike anzurufen. Aber sie bezog meine Klage auch nicht im Geringsten auf sich selbst. Trotzdem kam sie auf eine, wie ich fand, sehr nützliche Idee. Sie gab mir den Tipp, alles, was ich erlebt hatte, was ich fühlte und all meine Sorgen zu Papier zu bringen. Sie würde, wenn sie dürfte, meine Aufzeichnungen dann lesen und mir ihre eigenen Gedanken dazu schildern.

Mir gefiel dieser Vorschlag – nicht, weil ich mir davon soviel fremde Hilfe erhoffte, sondern weil es mir selbst helfen würde, meine Gedanken zu ordnen. „Vielleicht wird das ja dann ein Bestseller“, sagte sie lachend. „Woran denkst du gerade – an mich oder an unsere Schulden?“, ärgerte ich mich etwas über ihren Spott. Wieder einmal hatte ich das Gefühl, nicht richtig ernst genommen worden zu sein. „An beides“, sagte sie noch, als plötzlich die Haustür aufsprang und die Zwillinge mit einem etwas älter wirkenden Mädchen hereinkamen.

Außer einem kurzen „Hallo“ war nichts zu vernehmen. Schnell waren sie auf einem ihrer Zimmer verschwunden. Ich dachte mir, dass es bei diesen beiden Zwillingen viel praktischer gewesen wäre, ein Gehirn zu transplantieren, weil die Körper der gleichen Baureihe entstammten – viele Anpassungsprobleme, gerade auch die mit meinem veränderten Aussehen verbundenen, hätten sich erübrigt. Als ich Katja davon erzählte, schüttelte sie den Kopf: „Die meisten Unterschiede, die es zwischen den Zwillingen gibt, hast du noch gar nicht entdeckt."

Ein Beispiel dafür bekamen wir postwendend geliefert. Zum Abendbrot war der Besuch immer noch nicht gegangen, und die Jungs hatten noch keine Hausaufgaben gemacht. Katja ging hinauf, um die Prinzessin zu verscheuchen. Ich genoss immer noch mein Privileg als Familienneuling und hielt mich bei dieser unangenehmen Arbeit vornehm zurück. Als Hendrik und Pelle schließlich zum Gutenachtsagen zu uns kamen, ließ ich meiner Neugier freien Lauf und fragte, ob man denn als Zwillinge auch die gleiche Freundin haben müsse. „Keine Angst", sagte Pelle daraufhin, „Hendrik kann doch noch gar nicht!"

Auf meine Frage, was er denn damit meinte, bekam ich keine Antwort mehr – Hendrik hatte seinen Bruder bereits von hinten angegriffen und in den Schwitzkasten genommen. Katja zog schließlich die Bälger auseinander und sagte, dass man mit zwölf auch noch nicht können müsse. Dann bugsierte sie die Jungs ins Bett. Es war typisch, dass Katja die Lage wesentlich schneller erfasst hatte. Ich kam mir einmal mehr altbacken vor. Warum dachte man in dieser Familie beim Thema Freundin auch als erstes an die Potenz, noch dazu mit zwölf? Dabei hätte ich doch wissen müssen, dass unsere Auffassung von Liebe längst nicht mehr viel mit Romantik gemein hatte.

Am nächsten Morgen begann ich damit, meine Geschichte zu Papier zu bringen. Ich bin kein Mensch, der gerne schreibt. Es fiel mir schwer, alles in einen Guss zu bringen. Sätze zu komponieren dauerte sehr lange. Aber ich zog aus der Aufgabe zusätzlichen Nutzen: Ich hatte etwas zu tun und war gefordert.

Mein Leben bewegte sich nun wieder in geordneten Bahnen, auch wenn man das Schreiben nicht als geregelte Arbeit bezeichnen konnte. Am Morgen frühstückte ich mit Katja. Wenn sie zur Arbeit gegangen war, las ich in der Zeitung. Dann begann ich zu schreiben. Nach zwei Stunden hatte ich in der Regel die Konzentration verloren, die Kopfschmerzen wurden zu stark. Dann ging ich im nahen Waldstück spazieren, passierte einen bearbeiteten Baumstumpf: Ein Rentner, so erzählte man sich, hatte aus ihm mühevoll eine mächtige Eule geschnitzt, ein halbes Jahr lang hatte er täglich daran gearbeitet. Ein paar Tage, nachdem das Denkmal vollendet war, fand man ihn erhängt in seiner Wohnung auf. Die Stadt ließ sein Schnitzwerk lackieren.

In der Zeit meiner Spaziergänge schlugen die letzten Bäume aus, und ich versuchte, mich von der Stimmung inspirieren zu lassen, eine eigene Keimzeit zu entwickeln. Am Spielplatz machte ich eine Pause, schaute den Kindern zu, dachte daran, dass es schön sein müsste, eigene zu haben. Ich hatte eigene, aber sie waren nicht ein Teil von mir. Natürlich wurden sie mir von Tag zu Tag wichtiger, aber ich wusste nicht, ob die Bindung tief genug gehen würde.

Zu neuen Kindern fehlte mir die Kraft. Man muss bereit sein, viel zu geben, wenn man Kinder hat, das wusste ich. Ich aber hatte nichts zu vergeben – außer Zeit. Wenn sich auch viele Eltern für ihren Nachwuchs zu wenig Zeit nehmen, sie bieten ihnen oft etwas Wesentlicheres: ein geordnetes Weltbild und ein Grundverständnis der Dinge. Auch wenn sie eigentlich nichts verstehen, glauben sie zumindest, den Überblick zu haben. Für Kinder, die Orientierungspunkte brauchen, ist das schon viel wert. Ich aber hatte die Orientierung längst verloren.

Doch selbst wenn ich Kinder bekommen hätte, wären es wirklich meine gewesen? Die Samen, die mein Körper beisteuern konnte, waren Max' Samen. Und wenn etwas dran ist an der These, dass sich das Wesen der Eltern in ihren Kindern widerspiegelt, dann war meines zum Aussterben verurteilt. Sie hatten mich im Krankenhaus noch mehrmals vor der Operation aufgefordert, eine Samenspende abzugeben. Doch mein einziger Versuch, den ich unternommen hatte, war gescheitert: Sowohl mein vom Existenzkampf beanspruchter Geist als auch mein vom Krebs geschwächter Körper waren zu solchen Leistungen nicht mehr in der Lage gewesen. Philip Stein war – und das galt in Anbetracht des fremden Körpers nun auch für die Zeit nach der Operation – nicht mehr zeugungsfähig, er war der Letzte seines Geschlechts.

Ich neigte bei meinen Spaziergängen immer mehr dazu, die Zukunft besonders schwarz zu malen. Natürlich wusste ich auch, dass ein Kind all seine Einzigartigkeit weniger durch die Zeugung als vielmehr durch seine ganz eigene Auseinandersetzung mit der Gesellschaft erzielte. Und überhaupt: Hätten sich alle Eltern so viele Gedanken gemacht, wie ich in dieser Zeit, dann wäre die Geburtenrate auf null gestürzt. Wahrscheinlich ist es doch am besten, wenn Kinder einfach kommen. Dann sind vollendete Tatsachen geschaffen, die Schlacht des Lebens kann beginnen. Mäuse kriegen schließlich auch Kinder, wenn ihr Bau unter einem Habichtnest liegt...

Vom Spielplatz aus schlenderte ich weiter, vorbei an dem See, der so natürlich aussah, aber erst 1983 ‚angelegt' worden war. Als die Menschen alles Wilde in ihren Städten platt gemacht hatten, war ihnen aufgefallen, dass sich ‚ein Grüngürtel' doch ganz gut machte. Also fingen sie an, Parks und ‚Naherholungsgebiete' ‚anzulegen'. Aufregung über diese Wechselhaftigkeit war fehl am Platz: Sowohl das Abreißen und Zubetonieren als auch die folgenden Renaturierungsmaßnahmen schafften Arbeitsplätze und steigerten das Bruttoinlandsprodukt...

Bald taten mir die Füße weh. Ein bis zwei Stunden auf zwei Beinen reichten dazu aus. Es war besonders der Kreislauf, der dann nicht mehr mitspielte. Anfangs hatte ich meinem mangelnden Stehvermögen kaum Beachtung geschenkt, die Operation lag schließlich noch nicht so weit zurück. Doch bei den Spaziergängen begann ich, mehr darüber nachzudenken. Ich versuchte, mich in meine Schritte hineinzufühlen und merkte dabei, dass sie nicht zu mir passten. Mein Rückenmark ließ mich leicht wippend schreiten – genau so, wie ich es bei Max innerlich belächelt hatte. Ich war mir nun sicher, dass mich mein durchtrainierter Körper nur deshalb nicht zu größeren Leistungen befähigte, weil mein Hirn damit überfordert war, die ungewohnten Signale des Laufapparates über einen längeren Zeitraum zu verarbeiten. Eine Art Seekrankheit stellte sich ein.

Außerdem musste mein Rechenzentrum wegen der geänderten Körpermaße ständig Befehle korrigieren, einfache Abläufe kosteten unverhältnismäßig viel Kraft. Ich hatte das Gefühl, dass meine Bewegungen auf andere unkoordiniert, abgehackt, gar unnatürlich wirkten mussten – doch keiner hatte sich je getraut, mich darauf hinzuweisen. Oder bildete ich mir das alles nur ein?

Wenn ich von meiner Promenade heimkehrte, war Katja bereits von der Arbeit zurück. Wir aßen dann etwas, setzten uns ins Wohnzimmer und lasen; oft hatte sie gegen Abend noch irgendwelche Treffen. So war es auch an diesem Tag. Ich saß alleine im Wohnzimmer, nachdem ich Pelle noch bei den Matheaufgaben geholfen hatte. Seit meiner obligatorischen Runde an diesem Mittag musste ich an Gerd denken.

Ich fühlte mich von allen verlassen, aber das war zu einem gewissen Teil auch meine eigene Schuld gewesen, wie mir nun langsam klar wurde. Ich war Konfrontationen ausgewichen, hatte selbst meinen Vater in dem Glauben gelassen, dass ich tot sei, und Gerd, ja Gerd hatte noch nicht einmal eine echte Chance von mir bekommen. Warum hatte ich es im Grog nicht fertiggebracht, ihm die ganze Geschichte aufzutischen? Warum hatte ich mich nicht schon längst noch mehr um ihn bemüht?

Es war wieder mal ein spontaner Aufbruch an diesem Abend. Draußen regnete es. Ich warf mir den langen, schwarzen Mantel über. Er würde der Nässe eine Weile trotzen können. Dann ging ich hinaus in die Nacht. Auf den Treppenstufen drehte ich noch einmal um. Aus der Jacke, die ich bei meinem Besuch bei Anna getragen hatte, holte ich mir die Luckys. Dieses sollte eine Nacht werden, in der ich sie gut gebrauchen konnte. Die Zigarettenschachtel war von außen noch etwas nass. Als ich das letzte Mal ausgeschwärmt war, hatte es auch geregnet. Die Stimmung stimmte, die Kippen brannten noch. Es stürmte ein wenig.

Keinen in unserer spröden Musterhaussiedlung verschlug es noch auf die Straße. Der Gehweg war mit heruntergestürzten Ästen und Zweigen garniert. Ich hätte Katja einen Zettel hinlegen sollen, ärgerte ich mich. Mit dem Bus hatte ich Glück. Einmal würde ich umsteigen müssen, dann konnte ich direkt vor seine Tür rollen. Ich stellte mir vor, wie es wäre, wenn bei

Gerd auf dem Sofa Anna sitzen würde und wunderte mich sogleich, warum ich mir so verrückte Dinge vorstellen musste. Andererseits: Warum nur sollte mir ‚der liebe Gott' jetzt noch einen Schicksalsschlag ersparen?

Gerd hatte eine Wohnungstür, an die man noch klopfen musste. Wir hatten das immer romantisch gefunden. Schöne Gegenstände aus Omas Zeit gehörten zu Gerds Küchen- und Werkzeuginventar. Er sammelte Kurbelgeräte. Die Schlagsahne wurde mit einem Kurbelmixer bereitet, Löcher mit einer Kurbelbohrmaschine gebohrt. Das war konservativ, aber Gerd hatte immer Wert darauf gelegt, dass man ‚wertkonservativ' sagte, denn er war ein Linker. Eigentlich hätte man auch ‚gutkonservativ' sagen können, denn wertkonservativ war man für ihn, wenn man die guten Dinge erhalten wollte...

Besser als die lauten Produkte der Haushaltsgeräteindustrie waren Gerds Apparate für uns damals allemal. Eines Tages hatte er vom Flohmarkt eine Kurbelwaschmaschine mitgebracht. Der Sonntag war gerettet: Wir waren den ganzen Nachmittag damit beschäftigt, unsere unkontrolliert angewachsenen Berge schmutziger Wäsche abzutragen. Gerd und ich wechselten uns ab, ließen uns von Bob Marley in den richtigen Kurbelrhythmus schaukeln. Es machte einfach Spaß. Am Abend hatten wir in unserer WG wieder einen unbehinderten Zugang zur Dusche – aber auch furchtbar lahme Arme. Alles Gewöhnungssache, hatte Gerd gesagt.

Gerd gab nie auf. Alles musste zu einem befriedigenden Ende gebracht werden. Deswegen war er auch als Bastler so erfolgreich, ob es nun bei seinen Weiterentwicklungen von kurzen Liegerädern war oder bei den Experimenten im Sonnenkollektorbau, Gerd war ein Frickler vor dem Herren. Da man von Luft und Liebe auch in den fetten Jahren nicht leben konnte, nannte er sich nebenbei noch ‚freier Journalist', schrieb – bisweilen gar mit Begeisterung – für die Kulturseiten unserer Lokalzeitung.

Ich klopfte an seine Tür, hörte, dass drinnen Musik lief. Es war nicht der Jazz, den er in der letzten Zeit so oft gehört hatte – eine Musik, die man laut Gerd ‚nicht verstand', sobald sie einem nicht gefiel. Diese Lieder klangen trauriger. Der helle Fleck im Guckloch verdunkelte sich. Dann ging die Tür einen Spalt auf, blieb aber, für Gerd vollkommen untypisch, noch durch eine Kette gesichert. Ich war aufgeregt und verspürte ein Unbehagen – wenn doch bloß schon alles gesagt gewesen wäre...

„Sie schon wieder!", sagte Gerd, „erst sind Sie zur Beerdigung gekommen, und jetzt spionieren Sie mir auch noch hinterher!" Obwohl ich mit dieser Reaktion hätte rechnen müssen, war ich im ersten Moment sprachlos. Ich stotterte: „Es ist eine sehr wichtige Sache, etwas ganz Persönliches. Darf ich reinkommen?" Gerd sah grimmig aus und antwortete mit einem Unterton von Resignation: „Ich lasse nicht mehr jeden herein. Erst recht keine Bekehrer oder Zeugen Jehovas oder sowas!" Ich versuchte ihm tief in die Augen zu gucken, weil ich hoffte, dass er wie Tante Gertrud meine alte Seele erkennen würde.

„Es würde uns beiden sehr viel bringen", versuchte ich weiter, seine charmanten Seiten hervorzulocken. „Worum geht es?", fragte Gerd in immer noch unfreundlichem Ton. „Dann muss ich es wohl hier im Treppenhaus erzählen: Nicht alles von Philip ist tot. Sein Gehirn ist transplantiert worden. Es steckt jetzt in dem Körper, der vor dir steht!" Gerd starrte mich einen Augenblick wie ein Verrückter an. Als er sich etwas gefasst hatte, wurde seine Miene noch grimmiger als zuvor: „Und ich bin der Kaiser von China." „Du kannst Anna fragen!", hielt ich dagegen.

„Wissen Sie eigentlich, dass das, was Sie hier tun, verletzend ist?", fragte er schließlich, schaute mir dabei vorwurfsvoll in die Augen. Dass er mich noch immer siezte, verriet zur Genüge, wie wenig er mir traute. „Du kannst Anna fragen!", sagte ich – nun schon verzweifelt – zum zweiten Mal. „Das werde ich tun", lauteten Gerds trotzige Worte, während er langsam die Tür schloss.

Ich war ratlos. Ich suchte nach einem Satz, den ich als letzten Joker ins Gefecht werfen konnte: „Warum versuchst du erst gar nicht, mir zu glauben?" Genauso langsam, wie die Tür sich dem Rahmen genähert hatte, öffnete sie sich nun wieder. Die Kette war entfernt. „Ich lasse dich nicht rein, weil ich vor einer Weile aufgehört habe, an Wunder zu glauben..." Für einen Augenblick war er mir mit diesen Worten noch einmal nahe gekommen. Und dennoch wusste ich nicht, wie ich diese Nuss knacken sollte. Ich hatte Gerd noch nie so melancholisch gesehen. Seine wuscheligen Haare und seine Bartstoppeln machten ihn mir vertraut. Nun kannte ich ihn schon so lange und hatte dennoch kein Rezept, mit dem ich ihn auf meine Seite ziehen konnte.

Manchmal sind es nur wenige Sekunden, die das Schicksal von zwei Menschen entscheiden. Ich ließ sie verstreichen. Dabei trug ich schon lange einen Satz aus der Parfum-Werbung mit mir herum, der an diesem Tag mein Glück hätte bedeuten können: „Moments can change your life" – hätte ich ihn in diesem Augenblick einfach umarmt, wäre vielleicht alles ganz anders gekommen. Stattdessen sagte ich: „Und wenn es gar kein Wunder ist, sondern eine revolutionäre, medizinische Operation?“ Mit diesem Satz, das hätte ich wissen müssen, hatte ich Gerd wieder auf seine politische Fährte gelockt; er überlegte keine Sekunde: „...dann läuft etwas falsch mit der Evolution. Auch die Medizin hat nicht das Recht, Menschen zu spalten!“

Dann fiel die Tür endgültig in ihr Schloss. Gerd, dieser Idiot, den ich immer noch so gern hatte! Warum musste er an diese zehrende Belastungsprobe wieder mal so rational herangehen? Waren wir früher alle so gewesen? Er hatte sich ein Urteil über die Medizin erlaubt – wie immer ganz kritisch. Aber mich hatte er dabei übersehen.

Als ich herunterrannte, waren meine Augen schon geschwollen. Die ersten Tränen bahnten sich ihren Weg. Unten im Treppenhaus nahm ich die Rückseite eines Werbeprospektes, um darauf eine Nachricht für ihn zu kritzeln: „Wenn du mit Anna gesprochen hast, ruf mich bitte an. Tel.: ...“

3. Trott

Ich hatte angefangen, die Beete in unserem Garten wieder in Schuss zu bringen. Der späte April war die richtige Zeit zum Pflanzen. Ich säte Radieschen, Brokkoli und Blumenkohl. Zum ersten Mal nach der Operation hatte ich das Gefühl, etwa Sinnvolles zu leisten. Noch nie in meinem Leben hatte ich mich mit Gartenbau beschäftigt. Aber es gab zu diesem Thema ein schlaues Buch, das ich zwischen Strick- und Kochbüchern aufgestöbert hatte.

Nachdem ich sorgfältig umgegraben hatte, setzte ich die Reihen genau nach Anordnung; allerdings gelang es mir nicht annähernd, die Samenkörner in einskommafünf Zentimetern Abstand fallen zu lassen. Je feiner die Arbeiten wurden, desto mehr zitterte meine Hand. Mal fielen gleich fünf Samen auf die selbe Stelle, dann dauerte es wieder eine halbe Ewigkeit, bis ich überhaupt einen aus der Tüte herausbekam. Über dieses Problem stand nichts in dem schlauen Buch.

Ich entschied mich schließlich, immer gleich eine größere Menge Samen zwischen Daumen und Zeigefinger zu nehmen. Durch Aneinanderreiben der Finger versuchte ich, die Dosierung zu verbessern – der Salzstreutrick. Es gelang schließlich recht gut, aber ein altgedienter Schrebergärtner hätte mich trotzdem mitleidig beschmunzelt. Hatte ich nicht mal in einem Baumarkt ein kleines Gerät gesehen, das solche Arbeiten erleichtern sollte? Egal.

Ich unternahm auch andere Versuche, mich nützlich zu machen. Beispielsweise fegte ich trotz des laubarmen Frühlings regelmäßig unseren Abschnitt vom Gehweg, putzte hin und wieder die Fenster, wusch das Geschirr immer gleich nach der Benutzung ab. Auf fundamentalen Feldern der Haushaltsführung hatte ich mit meinem Vorleben gebrochen.

Ich wusste seit dem ersten Spatenstich, dass all diese Arbeiten nur eine zweifelhafte Nervenmedizin waren. Wirklich erforderlich waren sie nicht. Früher hatte ich über unsere Nachbarn und ihre ‚Arbeitsbeschaffungsmaßnahmen' öfter gelacht. Die Feger waren zu einer ganz eigenen Bevölkerungsgruppe geworden. Diese setzte sich im Wesentlichen aus Rentnern zusammen und zwar im Besonderen aus solchen, die ihr ganzes Leben nur für die Arbeit gelebt hatten und sich nun überflüssig vorkamen.

Ich wunderte mich, dass sich noch kein Interessenverband der Hobbyfeger gebildet hatte. Der hätte eine eigene Mitgliederzeitschrift herausgeben und sich in den Lobbylokalen des Reichstages gegen die Verwendung von motorisierten Kehrmaschinen durch Wohnungsbaugesellschaften eingesetzt. Und in den Rathäusern für das harte Vorgehen gegen Nachbarn, die ihre Hecken und das Buschwerk über die Grundstücksgrenzen hinaus wuchern lassen.

Nun war ich auch einer von ihnen, und das gab mir zu denken. Eigentlich hatte ich erst mit siebzig meine Freunde auf Kur in Bad Reichenhall treffen wollen. Das war eine abgemachte Sache gewesen. Mir fehlten aber bis dahin noch vierzig Jahre. In Wirklichkeit war ich nun eine Art Frührentner. Zwar fehlte mir das Attest, aber es klang besser als schlicht „Arbeitsloser". Anstalten, mir einen Job zu suchen, hatte ich noch nicht gemacht – auch weil Professor Ranzig mir mitgeteilt hatte, dass sowas im ersten Jahr keineswegs vorgesehen war. In diesem Fall hielt ich mich einmal gerne an die ‚Vorsehung'.

Nur leider war mein Privatleben ähnlich abwechslungslos wie das berufliche geworden. Katja war das einzige Licht am Horizont, aber auch mit ihr war das Leben nun lauwarm: Seit ich bei Anna gewesen war, hatten wir zwar noch hin und wieder sehr gemütliche Schmusestunden, aber keinen Sex. Sie überfiel mich nicht mehr, und ich fand mich damit ab, weil ich zunehmend das Gefühl hatte, auf diesem Gebiet sowieso kein Virtuose mehr zu sein. Guten Sex haben eben immer nur die anderen, dachte ich. Vielleicht hatte aber auch mein Lustzentrum im Hirn wegen Überlastung Betriebsferien einberufen. Ich hoffte darauf, dass sich mit der Zeit meine Geschicklichkeit steigern und das Verlangen nach Katja andere Bedenken hinwegfegen würde.

Dass sie kaum mehr Initiative ergriff, konnte mit ihren häufigen Abendterminen zusammenhängen. Oft sah ich sie vor mir, wie sie bei Mike im Haus verschwand. Aber mir fehlte die Kraft, sie danach zu fragen. Die unangenehme Ahnung war leichter zu ertragen als die ganze Wahrheit.

Obwohl ich mich mit der Zeit immer ausgedehnter mit Katja unterhalten konnte, sprachen wir niemals über unsere Enthaltsamkeit. Es war ein Tabu, das beide Seiten verteidigten. Auch wir hatten damit begonnen, in Gewohnheiten zu leben – obwohl wir so oft davor gewarnt worden waren. Für sie war dieser Trott aber wahrscheinlich nichts Neues, sondern eine Fortsetzung. Nach dem anfänglichen Schwung, den der Hirnwechsel – über den sich Katja vielleicht sogar gefreut hatte? – mit sich gebracht hatte, lief nun alles wieder seine geordneten Bahnen. Ich fürchtete, den Platz von Max perfekt eingenommen zu haben. Es gab nichts mehr, was die Veränderung immer wieder vor Augen hätte führen können. Vielleicht war es das, was Katja langsam das Interesse an mir verlieren ließ. Hatte sie manchmal gar die bestürzende Ahnung, dass sich durch die Operation nicht das Geringste verändert haben könnte?

Während sich für mich die Tage immer mehr glichen, hatte Katja noch regen Kontakt zur Außenwelt. Ich hatte den Einstieg in neue Gruppen oder Projekte immer nur über Freunde und Bekannte gewagt. Und eben diese fehlten mir. Von Gerd, Anna und Mike hatte ich kein Lebenszeichen mehr erhalten – keiner der drei hatte auch nur einmal bei uns angerufen. Die Enttäuschung darüber machte sich in jeder Pore des triefenden Alltags breit. Sie saß so tief, dass sie mir kein Chirurg der Welt hätte herausschneiden können.

Am Frühstückstisch erklärte ich Katja, dass ich in die Alpen fahren wollte. Ich wollte endlich wieder Drachenfliegen, ein paar Tage die Landschaft und die Ruhe genießen. „Du wirst dort auch keinen Lebenssinn finden, wenn du nicht gerade Hirte werden möchtest“, lautete ihre erste Reaktion. „Vielleicht wäre das genau der richtige Job für mich...“, antwortete ich schmunzelnd, fügte dann aber noch an: „Nicht Lebenssinn, aber Lebensfreude!“

Katja runzelte ihre Stirn, lächelte leicht leidend. „Wir sollten auch mal wieder zusammen wegfahren. Das macht doch mehr Spaß“, sagte sie dann, stellte sich hinter mich und legte ihre Hände anschmiegend auf meine Schultern. Ich freute mich über ihre Worte. Endlich hatte sie wieder mit mir geplant. Ich ließ meinen Arm nach hinten an ihre Hüfte wandern. Wir hatten eine eigenartige Beziehung, dachte ich, so fest und doch so zerbrechlich. Katja hatte ansonsten nichts gegen meine Tour einzuwenden – nur Anna sollte ich nicht mitnehmen. Und: Ich sollte, wie immer, auf mich aufpassen.

Als mein Rucksack, den einer der Zwillinge netterweise von Anna geholt hatte, vier Tage später gepackt war und das Taxi vor der Tür stand, sagte Katja noch etwas, das so oft die letzten Worte waren: „Mach keine Dummheiten!“ Ich winkte durch die Scheiben, konnte es nicht gut sehen, wie die drei da auf der Treppe standen. Das Bild meiner winkenden Familie nahm ich mit in den Urlaub. Ich wurde es nicht mehr los.

2. Alpen

Ich war immer gerne Zug gefahren. Wenn ich Flüsse oder Seen passiere, wenn Segelboote oder Badende zu erkennen sind, werden meine Augen größer. Auch das Schöne verschwindet wieder nach einem Augenblick. Die Menschen bleiben Statisten, die Landschaft eine Kulisse. Nichts lernt man wirklich kennen, nichts spürt man auf der eigenen Haut. Das ist ein Nachteil. Aber darauf eingestellt lässt es sich als eine Geschichte erfassen, eine Geschichte, die weiter ist als jeder Roman. Nur wirklich ist all das nicht. Was zu sehen ist, bleibt ein Theater. Es zeigt, dass es Zusammenhänge gibt, aber doch kein Ganzes.

Wenn die Sonne schon sehr tief steht, erscheint die Landschaft in einem gelben Licht. Alles ist warm. Ein paar Sekunden später wird die Ebene zur Lichtschau. Die blaue Stunde, melancholisch schön, minimalistisch bunt – Kraft, die vergeht. Deutlicher kann ein Kontrast kaum sein. Aber wenn es ganz dunkel geworden ist, dann kommt die Wärme zurück. Sie ist nun nicht mehr überall, sondern nur noch punktuell zu sehen: Einzelne Häuser haben noch Licht. Es gibt immer einen Zufluchtsort in der Dunkelheit.

Vor mir taten sich die Alpen auf. Einige Gipfel hatten ihre Krone aus Schnee noch nicht hergeben wollen. Am Zielbahnhof musste ich nur ein kleines Stück bis zur erstbesten Pension marschieren. Die Sportgeschäfte holten die Ski aus den Schaufenstern und präsentierten nun die neuste Bademode. Die Keksläden wurden zu Eisdielen. Man stellte sich auf einen anderen Touristentyp ein. Was die Snowboarder gemocht hatten, gefiel den Wandervögeln nicht.

Das Quartier war ordentlich, die Gaststube gutbayrisch eingerichtet. Zum Abendessen ließ ich das Eisbein in der Gefrierkühltruhe frösteln und widmete mich einer Portion Dampfnudeln mit Vanillesoße. „Zum Abendessen immer etwas Herzhaftes!“, hatte Mutter gesagt. Die Schießscheiben waren schwer zu entziffern, die Rechnung ebenso.

Am nächsten Morgen nahm ich den ersten Bus. Er hielt an der Talstation der Seilbahn. Mit meinem Rucksack beanspruchte ich eine Gondel für mich. Sonst hatten vier Leute darin Platz. Aber jetzt im Mai war hier sowieso noch Flaute. Die Seilbahnfahrt dauerte zwanzig Minuten. Sie bot einen ersten Einblick in die bezaubernde Mächtigkeit des Gebirges. Am liebsten hätte ich die Tür geöffnet, um mich dieser Fee in die Arme zu schmeißen. Höhenangst war für mich ein Fremdwort, anders als einst für den oft schwindeligen Max – wie gut, dachte ich, dass mir meine 1,5 Kilo Gehirn geblieben waren, meine höhentauglichen 100 Milliarden Nervenzellen.

Hatte das Tal noch im Schatten gelegen, so erwartete mich oben ein gigantischer Sonnenballon, der seine Schwierigkeiten zu haben schien, an Höhe zu gewinnen.

Nun hatten die öffentlichen Verkehrsmittel endlich ihre Grenze erreicht. Bis zu der Alm und der Hütte, welche ich mir für meine vergnüglichen Tage ausgesucht hatte, war es noch ein Fußmarsch von gut vier Stunden. Ich freute mich auf diese Herausforderung. Die Spaziergänge in der Umgebung des Sommerschen Hauses hatten schon lange nichts Neues mehr geboten und waren zu so etwas wie Gassigehen ohne Hund geworden, eine fast schon belastende Gewohnheit. Von derart statischen Zuständen konnte in dieser Landschaft natürlich keine Rede sein. Die harten Anstiege wurden mit einer unbeschreiblichen Fülle an Natureindrücken entlohnt.

Nur die von Kufen und Schneeraupen in den Rasen gefrästen Spuren der zu Ende gegangenen Skisaison rissen mich für einen Moment aus meiner Begeisterung heraus; doch sie waren auf das Umfeld der verwaisten Schlepplifte begrenzt. Von diesen entfernte ich mich mehr und mehr. In der Ferne konnte ich bereits die Hütte erkennen. Wie so oft wurde ich von meinem Vermögen, Entfernungen zu schätzen, betrogen. Es war noch ein ganzes Stück zu kraxeln.

Erstaunlicherweise hatte ich auf diesem schwierigen Parcours kaum Probleme mit meinem Gehwerk. An einer Quelle machte ich eine längere Rast. Nur bei losen Steinen unter den Füßen wankte ich mehr als in meinen besten Tagen – vielleicht waren das aber auch schlichtweg erste Alterserscheinungen. Oben angekommen hing mir dann doch ordentlich die Zunge heraus. Ich ließ mich auf der Terrasse in einen Stuhl sacken, bestellte ein Hefeweizen. Die dünne Höhenluft ließ mich nur langsam verschnaufen.

Erst nach ein paar Schluck nahm ich die Aussicht zur Kenntnis: Es war ein Szenario, wie es kein Fotograf der Welt auch nur annähernd hätte festhalten können. Die Hütte bot freie Sicht in zwei weite Täler nach Osten und Südwesten, dazwischen ragten in einiger Entfernung Steilwände in die Höhe.

Das rustikale Holzmobiliar, die großen Krüge und die Ruhe der Menschen, die hier saßen, untermauerten mein Gefühl, eine eigene Welt erreicht zu haben. Die Lasten, welche ich in der alten mit mir geschleppt hatte, drückten hier kaum mehr auf meine Schultern; die frische Gebirgsluft, die als leichte Brise über mein Gesicht strich, schmeckte so gut wie das kühle Weizenbier und ließ mich den alten Muff für eine Weile vergessen. Genau so hatte ich es mir vorgestellt.

Ich musste an die Worte Katjas denken. Es stimmte, dass sich an meinem Leben daheim durch diese Fahrt wenig ändern würde. Aber es wurde mir durch das so intensive Gipfelglück auch vor Augen geführt, dass Probleme oft eine lokale Bindung haben. In diesem Sinne hatte ich bereits abgehoben. Warum flogen die Drachen nicht?

Die Sonne schien, es wehte nur ein leichter Wind – das waren doch hervorragende Bedingungen! Ich fragte meinen Tischnachbarn. „Es hat im letzten Jahr einen Todesfall gegeben. Jetzt haben sie Windmesser an den Wänden befestigt; wahrscheinlich gibt's heute wieder diese verdammten Fallböen", sagte der Mann, mit dem sich nun ein Gespräch entwickelte. Er war jedes Jahr im Mai in dieser Gegend unterwegs. Dann erwachte die Natur zu neuem Leben, und die Berge lagen noch so jungfräulich da. Im Juli, so erzählte er, würde er es nicht ertragen, da könnte er jeden Touristen in die Tiefe schubsen. „Natürlich würde ich das nicht machen", sagte der Schnauzbart tragende Mittfünfziger lachend, „aber so denk' ich halt".

Ein eigenartiger Kauz war dieser stämmige Bayer. „Es beanspruchen wirklich zu viele Menschen die Alpen", gab ich ihm Recht. „Aber keiner kann einfach festlegen, wem das Recht dazu genommen werden soll und wem nicht", ergänzte ich noch. „Nun ja", hielt mein Tischnachbar dagegen, „ich wohne eben hier! Die Preußen können ja da wandern, wo sie herkommen – im Harz!"

Ich zog es angesichts dieser Stammtischrede vor, weiter die Ruhe zu genießen. Das war allerdings nicht mehr ohne weiteres möglich. Franz, so hieß der Kauz, wie er mir nun eröffnete, hörte nicht mehr auf zu quasseln. Er war einer von der Sorte Mensch, die sich nicht darum kümmerte, ob ihre Gesprächspartner an den Verkündigungen überhaupt interessiert waren. An seiner ganzen kleinen Welt von Eigentümeleien durfte ich nun teilhaben, kaum ein Vorurteil blieb mir erspart.

Bei Franz hatte jede Beschäftigung etwas mit gefestigten Gewohnheiten zu tun. Ich war im Gegensatz dazu froh, dass ich eben genau in diesem Mai genau diese Berghütte zum ersten Mal sehen durfte und nicht schon zum dreißigsten Mal den strapaziösen Aufstieg auf mich genommen hatte. Zehn Mal Urlaub in Jugoslawien hintereinander, diese Kindheitserinnerung war mir genug.

„Was ist das für eine Narbe am Kopf", fragte Franz unerwartet. „Ich werde mich erstmal um einen Schlafplatz kümmern", wich ich aus und ließ so meinen Gesprächsführer mit seiner Neugier allein. Das war eine der Sachen im Umgang mit Menschen, die ich mir erst spät beigebracht hatte. Früher hatte ich mich verpflichtet gefühlt, allen, die mir etwas zu sagen hatten, bis zum Ende zuzuhören. Noch immer hatte ich ein schlechtes Gewissen, wenn ich solch ein Gespräch abbrach, aber dann sagte ich mir: „Warum sollst du schon Rücksicht auf Leute nehmen, die keine Rücksicht nehmen?" Außerdem hatte er noch sein Bier vor sich auf dem Tisch. Das würde geduldiger als ich den Ausführungen lauschen.

Ich mietete mich auf dem Dachboden ein. Zuerst musste ich noch Mitglied des Deutschen Alpenvereins werden. Dann erwarb ich einen Jugendherbergsschlafsack. Der große Schlafraum oben war vollkommen aus Holz. Auf dem Boden lagen Matratzen und darauf Steppdecken. Ich hatte das Bett Nummer dreiundzwanzig. Oft hatte ich von den urigen Wirtsstuben des Altertums geträumt, als Deutschland noch ein komplett mit Eichen und Buchen bewaldetes und mächtigen Strömen durchzogenes Märchenland war – auf der beschwerlichen Reise boten die Herbergen den Reisenden eine Zuflucht. Auch wenn es in ihnen rau zugegangen sein mochte, diese Vorstellung war für mich ein Inbegriff der Gemütlichkeit. Sie half mir – gemeinsam mit dem ‚Bär im Winterschlaf' und dem ‚Beisammensein im Salon eines Holzseglers nach einem stürmischen Tag' – als Einschlafhilfe. Diese Alm hatte etwas von den Wirtshäusern der Vergangenheit. Hier würde ich mich geborgen fühlen.

Aus meinen altertümlichen Phantasien wurde ich unten in der Gaststube wieder herausgerissen. Als ich das Abendbrot zu mir nahm, plante eine siebenköpfige Gruppe am Nebentisch den nächsten Tag. „Der blonde Bursche ist eine richtige Kletterberühmtheit!", verriet mir die in ein Dirndl gezwängte Bedienung aufgeregt. Ich bekam bald mit, dass der Dickste unter ihnen Regisseur war. Es sollte ein Dokumentarfilm über den Gebirgszug gedreht werden. Am nächsten Tag wollten sie die drei Kletterer, geführt von dem Blonden mit dem verwegen-halblangen Haar, „in der Wand" filmen. Nicht die Bergbesteigung an sich, wohl aber die gewählte Route sollte eine Erstbesteigung werden.

Gesprächsthema Nummer eins war der Helikopter. Der sollte nämlich aus Italien hergeflogen kommen, weil die deutschen Hubschrauber zu teuer waren. Wenn das Wetter aber zu schlecht sein würde, das schien wichtig zu sein, musste man ihn rechtzeitig abbestellen. Die Crew verabredete, um acht am nächsten Morgen eine endgültige Entscheidung zu treffen. Der Regisseur wollte mit seinem Handy, das wie selbstverständlich auch auf den abgelegensten Gipfeln zum Einsatz kommen sollte, den Piloten informieren.

Am nächsten Vormittag kam ich selbst in den zweifelhaften Genuss, mir dieses Spektakel ansehen zu dürfen. Ich hatte mich spontan entschieden, ein wenig zu wandern. ‚Mein' Gipfel lag direkt neben dem der Kletterer, war sogar etwas höher, verlangte einem aber neben den Wanderabschnitten nur die Bewältigung leichterer Kletterpassagen ab. Ich fühlte mich wohl dabei, den einfachsten Weg zum Gipfelglück gewählt zu haben. Natürlich wusste ich, dass es den echten Kletterern in erster Linie um die Herausforderungen ging.

Gegen elf donnerte der Hubschrauber herbei. Die drei Kletterer und zwei Kameraleute, die auf einem leichteren Stieg, aber immerhin auch kraxelnd unterwegs waren, hingen bereits in der Wand. Der Krach des Hubschraubers ergab mit seinen verschiedenen Echos ein ohrenbetäubendes Dröhnen. Der Pilot traute sich ganz nah an die Wand heran, die Rotoren schienen geradezu etwas Fels wegzuflexen – einen Moment ertappte ich mich dabei, diese Art Stunt spektakulär zu finden, doch dann erinnerte ich mich an das Gespräch mit Franz, dem Schwätzer: Ich war gerade Augen- und besonders Ohrenzeuge einer Vergewaltigung. Das Opfer war die Bergwelt.

Wie viele Tiere schüchterte der Pilot gerade ein? Mit welcher Brutalität entriss man dieser einzigartigen Landschaft ihre ureigene Ruhe? Wie viele neue Kletterer und Wanderer versuchte man mit dem Film als künftige Touristen zu gewinnen? Der Rummel der Städte schien unbegrenzt auch auf die Natur übertragbar zu sein. War Deutschland nicht auf dem besten Wege, ein Stadtstaat zu werden? Ich fühlte mich schuldig. Wenn ich mit einem Drachen die Berge als Startbahn benutzen würde, hatte ich wie diese Fernsehaktivisten mal wieder nur an mich gedacht. Ich würde zwar lautlos durch die Lüfte schweben, aber mit meinen bunten Flügeln vom Eigentlichen ablenken, für schreckhafte Gämsen die Rückkehr der Riesenvögel suggerieren und ihnen Kräfte rauben.

Die Leute dort in der Wand waren keine Kletterer, sondern Freeclimber, ich war kein Segelflieger, sondern ein Drachenflieger, die Schlauchbootfahrer auf den reißenden Gebirgsbächen machten Rafting, die Männer und Frauen mit den Fallschirmen waren Paraglider, in Kanada ist Heli-Skiing angesagt: Mit einem Hubschrauber werden Tiefschneefanatiker auf unberührte Gipfel chauffiert. Die gewöhnlichen Abfahrer betrieben jetzt Carving. Und bald könnte man sich an diesen Steilwänden vielleicht mit Bungeekiting, dem nächsten Trend, amüsieren...

Wir Touristen der Berge waren zum Opfer einer mächtigen Industrie geworden, die das Problem der Dienstleistungsgesellschaft erkannt hatte. Wenn die Menschen für sich kaum noch etwas regeln mussten und sich im Alltag fett gesessen hatten, wollten sie sich in der knappen Freizeit das verpasste Abenteuer zurückholen, gleichwohl als Konzentrat mit dem besonderen Thrill. Das Mammut ist verschwunden, die Mitmach-Kriege auch, was bleibt da schon noch?

Der Kampf um die Superlative, das wurde mir gerade in den übermächtigen Bergen klar, führte zu nichts. Ich wollte nicht mehr den höchsten Berg besteigen, das schwerste Stück klettern oder das seltenste Tier sehen. Auch ich war gekommen, um den Alltagsfrust hinter mir zu lassen, vielleicht sogar des Abenteuers wegen. Aber einen Rekord wollte ich nicht mehr brechen. Nur noch einmal ein paar Runden fliegen, mir so die verlorene Freiheit zurückzuerobern – spürbar.

Als ich weiter hinaufstieg, ahnte ich, dass ich mich selbst betrog. Wenn ich auch nicht mehr nach Höchstleistungen strebte, so war ich doch selbst zu einem

Superlativ geworden: der erste hirntransplantierte Mensch. Zwei sinkende Kähne waren zu einem Kreuzfahrtschiff zusammengeflickt worden, das schon verhältnismäßig kurz nach dem Eingriff, ohne langwierigen Werftaufenthalt, über die Bergkämme tanzte. Ich schwärmte von der Natur und war doch selbst ein Mutant, den es gar nicht geben dürfte, hätte man der Schöpfung nur ihren Lauf gelassen...

Wieder stellte sich meine Beklemmung ein, wieder breitete sich eine Art Weltschmerz in mir aus, wieder diese zehrende Melancholie. Ich drehte um. Meine Wanderlaune in die Einöde war von den Filmaufnahmen und meinen eigenen Sorgen zerstört worden. Den Nachmittag wollte ich lieber wieder auf der Bergterrasse hocken und mir Franzens gesammelte Weisheiten der Menschheit anhören. Vielleicht würde ich zur Abwechslung aber auch einen anderen Gesprächspartner auftun.

Auf den Bänken der Wirtschaft fühlte ich mich zu Hause. Auch wenn sich im Gegensatz zum heimischen Fernsehflimmern an dieser Aussicht nichts veränderte, war der Blick in die Ferne zu einer Droge geworden. Ich begann, auf Feinheiten zu achten, auf das Spiel des Lichtes. Immer etwas zu trinken zur Hand, sich die Sonne auf die Haut scheinen zu lassen, genug Stoff zum Grübeln – ich entwickelte in mir eine meditative Stimmung. Wenn es das Bogenschießen und das Go-Spielen so weit gebracht hatten, warum sollte es dann nicht ‚Zen in der Kunst des In-die-Ferne-Blickens' geben?

Auch meinem genesenen Geruchssinn schenkte ich nun, nach dem Verlusterlebnis, gesteigerte Beachtung. Die allmählich erblühende Bergwelt hatte auch auf diesem Gebiet viel zu bieten, mehr, als ich mir vorzustellen gewagt hatte. Das ich nicht rückfällig geworden war, dass das, was ich da an herrlichen Düften roch, real war, merkte ich durch die Gegenprobe: Franz versprühte ein unverkennbares Schweißaroma, das überhaupt nichts mit Brombeergeruch gemein hatte.

Meine Kopfschmerzen waren allerdings geblieben, und sie wurden jetzt, da meine Sorgen erst mal weit weg waren, wieder schlimmer. Besonders abends hämmerte es meist in meiner Birne. In der Entspannung kam vieles zum Vorschein, was sich zuvor nur hatte aufstauen können. Eine Wandelung gefiel mir jedoch außerordentlich: Nicht weil Max mich darum gebeten hatte, sondern ganz von selbst war mein Hang zum Rauchen verschwunden. Vielleicht, weil ich mir bei der glasklaren Bergluft gar nicht vorstellen konnte, minderwertige Luft in mich aufzusaugen, vielleicht aber auch, weil sich in dieser Frage Max' Seele zu Wort gemeldet hatte – meine Sucht war verschwunden.

Tatsächlich gelang es mir, mit ganz unterschiedlichen Leuten ins Gespräch zu kommen, und selbst bei all den geselligen Plauderstündchen suchte ich nicht in der Jackentasche nach einer neuen Packung. Ich lernte das spezielle Volk kennen, welches sich im Mai in die Berge begibt. Außer den Extremsportlern handelt es sich dabei um Menschen, die vor allem ihre Ruhe haben wollen. Nur Vereinzelte fühlen sich zu Hause einsam und kommen aus Harmoniesucht in die Alpen, weil diese Landschaft die Einsamkeit liebt und weil in ihr weder verachtende Blicke noch die falsche Vorspiegelung gemeinschaftlicher Idylle eine Rolle spielen.

Hier traf man Bergetrotter, mit denen man viel gemein hatte, sich austauschte ohne jegliche Verbindlichkeit. Nach ein oder zwei Nächten zogen sie weiter. Nur Franz blieb so wie ich und ein paar Drachenflieger länger oben. Als ich mich endlich überwunden hatte, auch hier an den Aufzeichnungen meiner Erlebnisse weiterzuschreiben – und ich kam damit in dieser neuen Umgebung von Anfang an unglaublich schnell voran – kam Franz gelegentlich zu mir und wollte wissen, was ich gerade schreibe. Er suchte so den Einstieg in ein Gespräch. Für ihn war klar: Menschen unterhalten sich lieber, anstatt sich mit der Schreiberei abzumühen.

Im Grunde dachte ich ähnlich, aber bei dieser meiner Geschichte war es doch anders, denn ich wollte sie möglichst schnell zu einem Ende bringen. „Briefe“, sagte ich dann zu ihm. „Hier gibt es aber keinen Briefkasten“, entgegnete Franz. „Es eilt nicht und es gibt Wanderer, denen man sie mit auf den Weg geben kann“, antwortete ich schließlich. Es wunderte mich sehr, dass wir einen solchen Dialog in unveränderter Form gleich mehrmals führen konnten.

Manchmal schrieb ich dabei einfach weiter, manchmal unterhielt ich mich mit ihm eine Weile. Wenn ich widersprechen wollte, musste ich ihm meist ins Wort fallen, denn er setzte selbst dann keine Punkte, wenn ich ihn zuvor dazu ermahnt hatte. „Das wird aber ein langer Brief“, sagte Franz. Der einzige Brief, den ich tatsächlich geschrieben hatte, war an Katja gegangen. Sie sollte erfahren, dass mir die Bergluft sehr gut tat und ich länger oben bleiben würde, vielleicht drei Wochen.

Die Drachenflieger hatten sich nach einigen Tagen endlich gezeigt. Die Thermik hatte sich verbessert. Den halben Tag schrieb ich nun, die andere Hälfte verbrachte ich an der Rampe. Ich lag im Gras und schaute ihnen beim Starten zu. Oft half ich beim Aufbau, manchmal bediente ich gar die Lastenseilbahn, mit der die sperrigen Gestänge auf die Alm transportiert wurden. Die Flieger selbst waren gezwungen – im Gegensatz zu gewöhnlichen Startplätzen – das letzte Stück zu Fuß zurückzulegen. Vielleicht lag es daran, dass diese Piloten anders waren, als ich es von früher kannte: Das Wandern gehörte für sie zum Spaß dazu, sie halfen sich sehr viel gegenseitig und verbrachten auch die Abende zusammen. Es war eine eingeschworene Gruppe, zu der ich bald dazugehörte.

In den nächtlichen Runden erzählten die Segel-Piloten von ihren Flügen, schnell wurde es lustig – ohne dass zu viel Bier getrunken wurde, denn nach dem Flug war auch immer vor dem Flug. Weil das bei mir nicht so war, tat ich bald den anderen Leid: Ein Mann mit Fliegerherz, der nicht abheben konnte. Den Berichten der Piloten lauschte ich aufmerksam, sammelte Tipps, die mir bei meinem eigenen Flug nützlich sein würden.

Am besten verstand ich mich mit Ludwig. Wir waren uns sofort sympathisch. Ludwig schlief in Bett Nummer zweiundzwanzig. Die meisten anderen hatten, wie auch Franz, Einzelzimmer gebucht. Mit Ludwig unterhielt ich mich noch oft vorm Einschlafen. Er war genauso alt wie ich, immer noch Junggeselle und arbeitete in einer Consultingfirma in München. Er war ähnlich unzufrieden mit dem Leben wie ich. Das Drachenfliegen war seine Passion. Ich erzählte ihm von meinen Problemen, von den beiden Frauen, mit denen ich nicht glücklich werden konnte, auch von meinen Gedanken, die sich mit dem Sinn des Lebens beschäftigten. Er war der einzige in der Alpenidylle, der von meinem Körpertausch erfuhr. Erst glaubte er mir nicht. Ich bat ihn zu schweigen.

Mit einer weiteren Beschäftigung vertrieb ich mir hin und wieder die Zeit. Die Kinder der Herbergseltern, die außerhalb der Ferien unten in einem Internat wohnten, hatten einen ordentlichen Klumpen Ton zurückgelassen. Mit einer Rolle Draht, die ich im Schuppen der Lastenseilbahn gefunden hatte, begann ich, die Grundzüge eines Menschen zurechtzubiegen. Dann versuchte ich – meist während ich auf der Terrasse saß und schon genug umhergeguckt hatte – mit dem Ton ein Selbstbildnis zu formen. Es fiel mir schwer, die richtigen Proportionen zu wählen. Aber diese Arbeit half mir dabei, mich wieder mehr mit mir selbst zu beschäftigen. Ich merkte, dass ich mit der Skulptur nur vorankam, wenn ich mich nicht nur auf meine Statur konzentrierte, sondern auch versuchte, meinen seelischen Zustand abzubilden. Den inneren Nebel schien das Modellieren etwas zu lichten, meine Hände formten etwas, das mir überhaupt nicht bewusst war.

Diese Arbeit kostete ebenso viel Kraft wie das Schreiben. Ich hatte mit dem Selbstbildnis zu kämpfen. Auch nach mehreren Tagen war es noch nicht fertig. Immer wieder hielt ich Veränderungen für erforderlich. Nie war ich zufrieden. Eine Skulptur aus Ton lässt sich vor dem Brennen beliebig verformen. Ich bin kein Künstler, aber es hätte wohl selbst ein Bildhauer seine Probleme gehabt, wenn das Modell nur unscharf zu erkennen ist...

Für zwei Tage würde Ludwig zu einem Geschäftsabschluss nach München zurückmüssen. „Wie dumm, dass ich mein Handy mit hochgenommen habe“, ärgerte er sich. „Man wird erst unentbehrlich, wenn man sich unentbehrlich macht“, erzählte ich ihm besserwisserisch. „Das sagst du so“, antwortete er lachend. Vor dem Drachen-Check-in setzte sich Ludwig noch einmal zu mir auf die Terrasse. Er interessierte sich sofort für mein auf dem Tisch liegendes Knetwerk. „So eine magere Figur hast du nicht. Du bist doch viel bulliger.

Hast du nicht genug Knete?“, lautete seine erste Reaktion. „Aber so ist es, wie ich mich fühle“, antwortete ich und blickte prüfend in seine Augen.

Ludwig schaute mit einem Anflug von Mitleid zurück. Doch dann grinste er: „Wenn ich dich so anschaue, denke ich manchmal, du hast gedopt – gönn deinem Selbstbildnis doch ein paar mehr Muskeln.“ Ludwig lachte. „Du bist zu traurig, du musst was erleben“, sagte er, „ich bring dir aus München ’n kesses Mädchen mit.“ Ludwig hatte eine erfrischende Art. Obwohl ich keine neuen Bindungen hatte eingehen wollen, tat es mir plötzlich Leid, dass er ging. Ludwig stand auf. „Damit du schonmal vorher ein bisschen Adrenalin freisetzt, schicke ich dir den Drachen wieder hoch – flieg schön!“, sagte er noch und verschwand zur Rampe.

Ich freute mich sehr über sein Angebot und die Aussicht, in die Lüfte zu steigen. Ludwig war schon so etwas wie ein Freund geworden. Als er hinabsegelte, schaute ich ihm noch lange hinterher, bis er nur noch ein schwarzer Punkt war, schließlich hinter einem Hang verschwand.

Eines der Worte Ludwigs war bei mir wie ein Pfeil stecken geblieben: „gedopt“. Was nur ein Scherz sein sollte, machte ich mir nun Sorgen, konnte schreckliche Wahrheit sein: Max war auf internationalem Level geschwommen, aber nach ganz oben hatte er es nie geschafft. Schulden und Erwartungen lasteten auf ihm, zu was hatte ihn der Ehrgeiz getrieben?

Die unheimliche Ahnung beschlich mich, meine Schlappheit könnte der Anfang vom Ende meines Körpers sein. Seine einsetzende Zersetzung war die Konsequenz des zügellosen Einsatzes von Doping-Mitteln. Ich ging auf die Toilette, suchte Arme, Beine und Hinterteil nach Einstichen ab. Erst dabei merkte ich, dass mich Wahnvorstellungen ereilten.

Ich setzte mich wieder in die Sonne und zwang mich dazu, zu entspannen. Wenn auch an all dem nichts dran sein mochte, sehnte ich mich doch nach meinem alten Körper: Was für ein Luxus war es, zu wissen, was schon alles der eigenen Haut widerfahren ist und was der eigene Körper vielleicht in seinem Leben auch schon angerichtet und gemeistert hat!

Ich war, so fühlte ich, mehr als die Addition eines Körpers und eines Hirns; was aber konnte ich für eine Antwort auf die Frage geben, die Anna und mich vor der Operation doch so beschäftigt hatte: Gibt es eine Seele und wenn ja, wessen wohnt dann in dem zusammengeflickten Körper? Ich war der Antwort, so schien es mir zumindest, trotz meiner Odyssee kaum näher gekommen. Oft hatte ich zwar das Gefühl, dass dort noch jemand anderes in mir hauste – an irgendetwas festmachen konnte ich diesen Eindruck aber nicht.

Fest stand: Es fehlte mir die innere Ruhe; falls es so etwas wie ein menschliches Kraftzentrum gab, so konnte ich es nicht orten. Fest stand aber auch: Mit der Operation hatte sich in mir die Gewissheit ausgebreitet, unerschütterlich zu sein. Ich hatte nicht nur meine Intelligenz behalten, sondern auch mein Wesen. Wenn es eine Seele gab, dann war sie mir erhalten geblieben. Oder hatte ich meinen eigenen Wandel nur nicht bemerkt?

Das Unwohlsein trieb mich zurück zu meinen Aufzeichnungen. Vielleicht, wenn ich bis in die Nacht schreiben würde, könnte ich sie noch am selben Tag zu Ende bringen – oder besser gesagt auf den aktuellen Stand, denn ein Ende würden sie nicht haben können.

Gespannt wartete ich auf die Rückkehr von Ludwigs Drachen. Ich schrieb auf dem Betonsockel der Seilbahnstation weiter. Wie in meiner Kindheit auf den Heiligen Abend freute ich mich auf seinen Drachen. Aus der Ferne sah ich die Lore mit den langen Stäben näher kommen. Gemeinsam mit anderen entlud ich sie. Ludwigs Drachen war nicht dabei. Auch mit der letzten Fuhre des Tages kam er nicht. Aufgeregt ging ich zu den Herbergseltern und fragte nach einer Nachricht von Ludwig. Es lag nichts vor; aber ich erfuhr, dass der Münchner bereits bezahlt hatte und erst im Sommer wiederkommen wollte.

Für diese eigenartige Entwicklung hatte ich keine Erklärung. Vielleicht hatten sich die Herbergseltern geirrt. Meine Enttäuschung wuchs von Minute zu Minute. Ich weinte nicht, aber mein Hals schien sich zusammenzuziehen – Zorn zog auf. „Die Menschen, die Gott am meisten liebt, die prüft er auch am meisten", erinnerte ich mich an die tröstenden Worte des Pastors nach dem Tod meiner Mutter. Was helfen solche Sprüchlein? Es fing an zu schütten, und ich fragte mich, ob das ein Zeichen eben dieses Gottes war.

Ich ging zur Terrasse und setzte mich in den Regen. Nur ganz allmählich ließ sich die Sonne vertreiben. Die Tage waren seit der Operation immer länger geworden. Ein Regenbogen tauchte auf, kein glorreiches Himmelstor, sondern ein diffuser Streifen. Ich mochte es, wie die Feuchtigkeit langsam meinen Körper zu erreichen suchte.

Im Regen sah alles ganz anders aus. Spontan bildete sich ein Bach. Sein Wasser war braun. Die letzten schmuddeligen Schneereste nahm der Strom mit auf die Reise in die Tiefe. Endlich verschwand der Schnee von gestern! Als ich schließlich ins Haus ging, kramte ich meine Blätter hervor. Ich wusste nun, dass es noch

Dinge gab, die geblieben waren, dass ich den Regen noch liebte. Ich schrieb bis spät in die Nacht und konnte noch in derselben über die Erlebnisse des zu Ende gegangenen Tages berichten.

Nun habe ich also das Jetzt erreicht. Einen Teil meines Lebens habe ich zu Papier gebracht. Die Enttäuschung des Abends hat sich ein wenig verflüchtigt.

Ich profitiere von Brunos Grippe. Er hat neununddreißig Fieber und fliegt heute nicht. Da ich ihm wohl gestern ziemlich Leid getan habe, hat er an mich gedacht. Ich darf seinen Drachen haben. Er vertraut ihn mir an!

Die Thermik ist gerade hervorragend. Man darf nicht länger als zwei Stunden in der Luft bleiben, weil man dann unachtsam werden kann. Es kümmert mich nicht. Ich werde eine Ewigkeit oben bleiben. Ich werde schauen, wie hoch ich mich schrauben kann. Ich will die ganzen Alpen von oben sehen. Die ganze Welt. Wenn ich mich die Rampe hinunterstürze, lasse ich alles hinter mir zurück. Ich hätte nicht gedacht, dass mir das so leicht fallen würde.

Die Skulptur habe ich noch immer nicht fertig gestellt. Ich bin mit ihrem Zustand nicht zufrieden. Wenn auch das Ziel nicht zu erreichen war, so bin ich ihm doch recht nahe gekommen. Sie sieht nicht nach einem Schwimmer aus. Sie ist sehr mager geworden, fast schon dürr. Nicht nur die Beine. Die Wangen sind eingefallen, der Rücken ist krumm. Wo ist meine Kraft? Ein Gast lobte mich – ich könne die Figur als echten Giacometti verkaufen. Nun steht sie erstmal im Regal der Gaststube.

Eben habe ich noch einen Brief an Katja geschrieben. Den Anzug habe ich schon auf der Haut. Ein paar Drachenflieger wollen mir beim Aufbau helfen. Ich habe alles dabei. Auch die Tabletten. Sie sind mein Wachs. Es ist ein phantastisches Wetter. Jetzt der Sonne noch etwas näher kommen. Man kann sie nie erreichen. Wie kann ich noch hier sitzen und schreiben? Ich muss raus. Was für ein Wetter! Ich sehe mich schon fliegen. Wie Ikarus. Die Zuschauer werden staunen. Im Himmel werde ich schlafen, und in schwungvollen Wellen wird der bunte Drachen langsam nach unten gleiten. Ich bleib' gleich oben.

Brief

Liebe Katja,

vielleicht hat Dich die Nachricht schon schneller erreicht als dieser Brief. Wenn mich eines von diesem Weg abgehalten hätte, dann wäre es die Zuneigung zu Dir gewesen. Doch auch diese Bande war nicht stark genug.

Hier oben, im Schuppen der Lastenseilbahn liegen auf der Werkbank zwei Tauben aufeinander. Beide sind tot. Die obere muss sich beschützend auf ihren sterbenden Partner gelegt haben. Mit den Flügeln hat sie ihn umschlossen, die Köpfe haben sie aneinander gebuckt. Dann sind sie gemeinsam gestorben. Nie in meinem Leben habe ich etwas gesehen, das so sehr dem Bild echter Liebe entspricht.

Ich konnte Dir das alles antun, weil ich weiß, dass Du nicht einsam bleiben wirst. Einsamkeit ist wohl das Schlimmste. Nach der Operation haben mich zu viele verlassen. Ich habe keine Linie mehr gefunden. Die Kopfschmerzen waren nicht nur eine Folge der Operation. Sie gaben ein Zeichen. Vielleicht waren für mich eben nur dreißig Jahre vorgesehen? Ich wollte den Punkt an der richtigen Stelle setzen.

Bitte ersetz Bruno, der mir seinen Drachen ausgeliehen hat, den entstandenen Schaden! Hoffentlich findest Du Trost für die Zwillinge. Sie werden es nicht verstehen. Oft sind Trauernde böse auf die Toten, weil sie einfach gegangen sind. Es tut mir Leid, aber ich musste nun endlich einmal nur an mich denken...

Schon in vier Wochen etwa werden die Radieschen ausgewachsen sein. Du musst sie nur herausziehen. Den Blumenkohl und den Brokkoli könntest du gelegentlich gießen und düngen. Dann geht genug Kraft in die Früchte.

Prolog im Himmel

Gott: Ich habe dich hier hochgerufen,
um mit dir Schlimmes zu bereden.
Nun stehst du auf des Himmels Stufen,
verstrickt schon in des Teufels Fehden.
Welch böses Werk wirst du vollbringen?
Willst dich zum Gott auf Erden machen,
mit Elementen willst du ringen
und tanzen in des Todes Rachen.
Chirurg: Was tobst du, Herr der hohen Sinne,
wo ich doch nur zwei Leben rette,
sie fange wie im Netz der Spinne,
gespannt über die Grabesstätte.
Für Großes hat man mich bestimmt,
ich will für holden Fortschritt sorgen...
Gott: Bestimmen tu nur ich, mein Kind:
Der Fortschritt hat noch Zeit bis morgen.
Was denkt ihr euch, ihr Menschenaffen,
seid doch nur mein Gesellenstück.
Ihr wollt die Welt noch einmal schaffen,
doch euer Weg führt weit zurück.
Wer stirbt, kann in den Himmel kommen
und hat es schön in meinem Reiche...
Chirurg: ...und hat man sich nicht gut benommen,
wohnt man mit Würmern in der Leiche.
Warum solln sie nicht weiterleben,
was hat der Tod für einen Preis?
Gott: Warum nicht nach Erlösung streben,
bald schließt sich doch der Lebenskreis.
Im Körper leben nie zwei Seelen,
lasst meiner Schöpfung freie Bahn!
Doch wer mir will das Zepter stehlen,
verendet doch am eignen Wahn!

Seelenrausch

Die CD zum Körpertausch

Lieder von Uwe Flügel
mit Andreas Sichau an der Gitarre

Im Handel oder über
www.belletrist.de erhältlich.